LETTRES

DE

SIDY-MAHMOUD.

2169

PARIS. — IMPRIMERIE DE FAIN,
RUE RACINE, N°. 4.

LETTRES

DE

SIDY-MAHMOUD,

A SON AMI

HASSAN.

Paris,

LADVOCAT, LIBRAIRE

de S. A. R. Duc de Chartres,

Palais Royal.

1825.

LETTRES

DE

SIDY-MAHMOUD.

LETTRE PREMIÈRE.

SIDY-MAHMOUD

A HASSAN, SON AMI,

A TUNIS.

¡De Marseille, le 26ᵉ. jour de Cha'ban,
l'an de l'Hégire 1240.

Béni soit le tout-puissant Allah !
je touche au terme de mon voya-

ge, et la faveur du prophète semble écarter devant mes pas les obstacles que je redoutais.

Tu sais, sage Hassan, quels tristes pressentimens j'éprouvais en recevant la mission qui m'a conduit ici. Plus d'une fois, en respirant dans mes jardins la brise du soir, nous nous sommes entretenus des dangers et des humiliations qui peut-être m'attendaient. Jamais conjonctures n'avaient paru plus défavorables, jamais l'avenir ne s'était présenté à mes yeux sous des couleurs plus sombres. Il y a long-temps, nous le savons, que les nations chrétiennes trouvent mauvais que

nos braves marins règnent en
maîtres sur les mers qui bai-
gnent nos rivages ; elles osent
qualifier de brigandage le droit
de propriété que le plus fort et
le plus brave acquiert sur celui
qui n'a su ni se défendre ni mou-
rir en combattant. Elles voudraient que l'audace renonçât à
son légitime salaire , et qu'en
vertu de je ne sais quelle chi-
mère appelée par elles *droit des
gens*, de vils chrétiens , tombés
en notre pouvoir par la force des
armes , ou jetés sur nos côtes par
la tempête , demeurassent libres
à l'égal des enfans du prophète.
Ces folles prétentions ont , de-

puis nombre d'années, excité contre nous la haine des peuples de
l'Europe; mais combien cette haine n'était-elle pas devenue plus
vive depuis que nous soutenons
le sérénissime sultan dans la lutte
sacrée où il s'est engagé pour
l'extermination totale de ses esclaves révoltés! Que de récits alar-
mans n'avions-nous pas entendus
sur la part que ces chrétiens d'Occident prennent aux revers et aux
succès de ceux qu'ils appellent
leurs frères d'Orient! Nous en
fallait-il d'ailleurs d'autre preu-
ve que l'arrivée de ces aventuriers, qui, de toutes les par-
ties de l'Europe, accouraient sous

les drapeaux des rebelles; et ne savions-nous pas que ces auxiliaires eussent encore été bien plus nombreux s'ils n'avaient trouvé des obstacles dans la sage politique de quelques visirs chrétiens à qui Allah a daigné souffler de grandes et généreuses pensées pour le salut du croissant?

Parmi les nations que des sentimens fraternels unissent aux Grecs, nous entendions surtout citer la nation française. On nous disait que de nombreux guerriers étaient sortis de ses ports pour aller toucher les rivages de la Grèce, que des secours d'armes et d'argent avaient été envoyés par

ses habitans aux chrétiens rebel-
lés. Bien plus, nous apprenions
que le zèle religieux si long-
temps assoupi chez cette nation,
se réveillait avec une force nou-
velle; que la foi catholique, un
moment proscrite et long-temps
dédaignée, reprenait tout son empire; qu'un ordre religieux qui,
dans d'autres temps, envoyait ses
émissaires jusque dans l'Asie pour
convertir les vrais croyans à la
foi chrétienne, couvrait la France de ses établissemens; enfin,
que, comme au temps de leur plus
grand pouvoir, les prêtres du Christ
avaient réclamé et obtenu le droit
de livrer au bourreau ceux qui

insultent leurs mystères. Que pouvais-je attendre de ma présence au milieu de ces chrétiens fanatiques, de ces amis enthousiastes des Grecs, moi musulman fidèle, moi ennemi des Grecs et allié de leurs-ennemis ?

Ces tristes pensées m'ont longtemps occupé avant mon départ ; mais, en vrai musulman, je n'ai su qu'obéir à la parole du maître. En te quittant, cher Hassan, de funestes pressentimens m'agitaient, et j'ai lu sur ton front soucieux que ton amitié les partageait.

Le voyage n'a point dissipé cette sombre inquiétude ; le ciel même semblait conspirer à l'ac-

croître. La tempête a assailli mon
navire, et j'ai vu périr, dans les
flots, une partie de ces animaux
terribles sur lesquels je comptais
pour obtenir un accueil favorable; car, tu le sais, ces chrétiens ne sont point insensibles
aux présens; et, quand le don
leur plaît, peu leur importe la
main dont ils le tiennent, et la
manière dont il est acquis.

En approchant des côtes de
France, ma tristesse redoubla
quand on me dit que je devais débarquer à Marseille. N'avions-nous
pas appris que cette ville se distin-
guait entre toutes par son ardeur
religieuse, que quelques prédica-

teurs véhémens' s'étaient naguère promenés triomphalement au milieu de sa population enivrée, et que c'est de son port qu'étaient partis tant de guerriers chrétiens qui combattent en ce moment les enfans du prophète? La fatalité semblait me poursuivre en décidant que mes premiers pas sur le sol chrétien me conduiraient dans cette ville funeste.

Quand je fus près du rivage, j'aperçus, avec une sorte d'effroi, la foule rassemblée pour me voir débarquer. Heureusement on me conduisit à un établissement assez éloigné, appelé *lazareth*, où ces chrétiens font séjourner les voya-

geurs dans la crainte de la peste;
comme si ceux à qui le ciel a ré-
solu d'envoyer ses fléaux pouvaient
les éviter par de vaines précautions ! comme si ces précautions
n'étaient pas complètement inu-
tiles pour ceux qu'Allah regarde
sans colère !

Entré dans le lazareth, je me
félicitais d'échapper aux regards,
peut-être aux insultes de ce peuple en qui je croyais trouver des
sentimens hostiles. Je me trom-
pais, cher Hassan, et le lendemain mon erreur fut dissipée. A
peine étais-je reposé des fatigues
du voyage, qu'on m'avertit qu'une
députation des principaux de la

ville allait se rendre près de moi.
Je l'attendis avec quelque trouble, pensant que peut-être elle
venait m'enjoindre de remonter
sur mon navire. Je vis bientôt
s'approcher une douzaine d'individus qui la composaient. J'étais
peu habitué au costume européen,
et je ne pouvais regarder sans
surprise ces habits étroits et mes-
quins sous lesquels l'homme n'a
plus ni grâce, ni dignité. Quelques-uns d'entre eux avaient les
cheveux arrangés d'une manière
bizarre et couverts d'une poudre
blanche. Leur cou, emprisonné
dans un collier de toile, achevait
d'ôter toute noblesse à leur phy-

sionomie. Néanmoins, à la manière dont ils relevaient leurs
têtes, je m'aperçus qu'ils croyaient
présenter un spectacle très-majes-
tueux. Je réprimai un sourire
involontaire qui errait sur mes
lèvres; et, m'étant mis sur mon
séant, j'attendis avec calme ce
qu'ils allaient me dire. Après
m'avoir salué d'une manière assez
humble, celui qui était à leur
tête tira de sa poche un morceau
de papier, et lut un discours qu'Abdul, mon interprète, me trans-
mettait phrase par phrase. Contre mon attente, le langage de
ces hommes n'avait rien d'âpre
ni de fier. Ils me dirent que *le*

prince qui m'envoyait avait toujours été l'ami fidèle de la France. Jamais, ajoutèrent-ils, elle n'a
plus apprécié son attachement pour
elle, que lorsqu'il vient prendre
part à sa joie dans l'heureux
avénement d'un souverain qu'elle
chérit. Ils finirent en m'assurant
qu'ils s'estimaient heureux de
remplir la volonté du Roi, en
rendant ce qui était dû à l'honorable mission pour laquelle mon
excellence avait été dignement
choisie, et au prince qui me l'a-
vait confiée. Que ces paroles ré-
sonnaient agréablement à mon
oreille ! Comme elles dissipaient
toutes ces vaines alarmes qu'u-

ne prévoyance exagérée nous a-
vait fait concevoir ! Les magistrats d'un pays redevenu le plus
catholique de l'Europe, se féli-
citaient de rendre ce qui est dû
à l'envoyé d'un prince musulman de quatrième classe! Ils
m'assuraient qu'un monarque puissant, qui compte parmi ses ti-
tres celui de fils aîné de l'É-
glise, s'applaudissait d'avoir pour
ami fidèle le Bey de Tunis! Ma
joie était si vive, que je faillis
la laisser éclater par des paroles
de gratitude et des démonstrations affectueuses; mais je me
rappelai promptement ce que je
devais à ma dignité, et je me

contentai de leur faire savoir en peu de mots que j'étais satisfait des sentimens qu'ils m'exprimaient.

Depuis ce temps, cher Hassan, mes jours ont été marqués par une suite non interrompue d'hommages, de divertissemens et de fêtes. A peine sorti du lazareth, les principaux marchands, réunis en corps, m'ont invité à un banquet qu'ils donnaient pour célébrer mon arrivée dans leurs murs. Quoique flatté de leur empressement, je crus devoir y répondre avec réserve ; dès l'instant que je trouvais dans ces chrétiens des prévenances auxquelles j'étais si

loin de m'attendre, il convenait
peut-être de ne point leur laisser oublier la distance qui les
sépare d'un musulman. Le jour
fixé pour le banquet était un de
ceux que notre sainte loi nous
ordonne de marquer par l'abstinence. Je leur déclarai que je ne
pouvais prendre part à leur banquet, attendu que ma religion
me prescrivait de ne m'y asseoir
qu'une heure après le coucher du
soleil. C'est ici, cher Hassan,
que tu vas voir combien le nom
musulman inspire encore de respect à ces sectateurs du Christ.
Loin d'être rebutés par ma réponse, ils me déclarèrent que le

banquet ne commencerait qu'au moment où il me conviendrait d'y prendre place; et, en effet, les convives ne s'assirent à la table du festin qu'une heure après que le soleil eut disparu de l'horizon. Je l'avouerai, je fus si sensible à cet acte de soumission, j'éprouvai une satisfaction si vive d'avoir fait jeûner des chrétiens en vertu de la loi de Mahomet, que je me relâchai de ma réserve accoutumée; je voulus bien me mêler à la joie du festin, et je vis que ces chrétiens se trouvaient convenablement honorés de la familiarité que je leur permettais.

1*

Il y a dans l'accueil que je reçois ici une chose qui me paraît difficile à expliquer. Ceux qui se montrent les plus empressés près de moi sont des catholiques zélés qui passent une partie de leurs journées dans les églises. Comme tels, ils doivent détester, et je crois qu'ils détestent en effet, la loi de Mahomet; d'où vient donc leur empressement à mon égard? J'ai cru m'apercevoir que des signes d'admiration, et je dirai presque d'envie, leur échappent chaque fois qu'il est question du gouvernement du sérénissime sultan ou de celui du Bey, notre magnanime seigneur.

Malgré leur zèle pour la religion du Christ, ils semblent désirer que cette forme de gouvernment continue de régir l'Orient, dussent les Grecs être exterminés. Je croyais ces chrétiens trop entichés de préjugés pour savoir si bien apprécier l'excellence des gouvernemens fondés sur le Koran.

Il paraît ici tous les matins un papier imprimé, appelé *journal*, dans lequel les délégués du prince font mettre tout ce qui leur plaît. Ce journal a déjà publié de longs éloges sur la beauté de ma physionomie, sur la noblesse de mes manières, sur l'illustration de ma famille, et sur la magnificence des présens que j'apporte. L'institution de ces journaux me paraît une chose admirable.

Tu me demanderas sans doute ce que l'on dit des Grecs : je t'assure que les hommes que je vois ici habituellement ne s'en occupent guère. Je me promenais, il y a quelques jours, sur le port, environné de gens qui s'empressaient de me donner des explications sur tous les objets qui frappaient mes regards. Nous étions suivis d'une foule de peuple qui me regardait avec cette curiosité stupide qui paraît être

le caractère distinctif des peuples
chrétiens. J'aperçus tout à coup
quatre individus qui regardaient
fixement la mer comme des géns
impatiens de la franchir. Un vê-
tement noir et court serrait leur
taille ; leur tête était couverte
d'un petit bonnet de même couleur ; de longs cheveux blonds
tombaient sur leurs épaules ; tout
annonçait qu'ils étaient dans la
première jeunesse ; mais on lisait
sur leur visage pâle et maigre
que déjà ils étaient familiarisés
avec la fatigue et les privations.
Quand je fus plus près d'eux,
leurs yeux se fixèrent sur moi avec
un mélange d'audace et de dédain

auquel je n'étais point accoutu-
mé. Leurs regards devinrent plus
dédaigneux encore lorsqu'ils s'a-
baissèrent sur les individus qui
m'entouraient. Je demandai quels
étaient ces jeunes gens ; on m'apprit que c'étaient des habitans
du Nord qui venaient de faire
quatre ou cinq cents lieues à
pied, de surmonter des obstacles
et des privations de tout genre,
tout exprès pour s'embarquer à
Marseille et aller combattre sous
les drapeaux des Grecs. Cette explication justifia le sentiment d'é-
loignement qu'ils m'avaient inspiré. On se hâta cependant de
m'apprendre que ces aventuriers

n'avaient trouvé de secours qu'auprès de quelques particuliers obscurs, mais qu'ils n'avaient pas
reçu le moindre témoignage d'intérêt de ceux qui viennent de
m'offrir des fêtes et des banquets
splendides.

Cher Hassan, il y a vraiment
du bon chez les gens de ce pays;
et c'est à regret que je les quitte
pour me rendre dans la grande
cité où m'appelle la mission que
j'ai reçue de mon maître.

LETTRE II.

SIDY-MAHMOUD

A HASSAN.

De Lyon, le 8e. jour de Ramadhan.

MON voyage est béni du ciel,
cher Hassan; sa bonté se mani-
feste à chaque pas que je fais
dans ce pays : il me réservait ici
le plus grand plaisir que puisse

2

éprouver un musulman jeté au milieu des infidèles.

Je suis arrivé de Marseille ici en peu d'heures, grâce à l'usage établi dans ce pays de tenir des chevaux préparés de distance en distance pour les voyageurs. Ces chevaux sont loin d'avoir la grâce et la légèreté de nos coursiers habitués à traverser le désert ; mais, au moyen des relais qu'ils établissent sur les routes , ces chrétiens suppléent à ce que leur a refusé la nature si libérale envers nos climats.

Je suis descendu dans un des hôtels de cette ville. Ces hôtels sont des espèces de caravanserais

beaucoup mieux pourvus et beaucoup plus commodes, il faut en
convenir, que ceux de notre
pays. A peine étais-je descendu
de voiture, qu'on m'apprit qu'un
illustre personnage venait d'arriver presque en même temps que
moi.

Tu as entendu parler de ce
puissant ministre qui, placé à la
tête de la monarchie autrichien-
ne, a soumis à sa volonté absolue
tout le nord de l'Europe, a appe-
santi sa main sur la riche Italie, et étendu son influence jusque sur la France et l'Espagne.
Je n'ai pas besoin de te rappeler son nom, la reconnaissance

l'a gravé dans le cœur de tous les musulmans. C'est cet habile régulateur de la sainte-alliance, ce ministre religieux d'un prince apostolique, qui, depuis quatre ans, conjure l'orage prêt à fondre sur la Turquie. Grâce à lui, le czar de Russie a résisté à l'impulsion de ses peuples, et tenu enchaîné, sur les bords du Pruth, le bras de ses guerriers impatiens; grâce à lui, les Grecs ont vainement imploré les secours de l'Europe, tandis que les Turcs en ont reçu une assistance non déguisée; grâce à lui, nous n'avons jamais manqué de bâtimens chrétiens pour transporter nos

troupes et ravitailler nos places ;
grâce à lui, la marine grecque
a essuyé mille avanies de la part
des frégates autrichiennes ; grâce
à lui, les députés du peuple
grec, après avoir été confinés
pendant plusieurs semaines dnas
un port d'Italie, n'ont pu obtenir d'être entendus par le con-
grès de Vérone, qu'il a si glo-
rieusement présidé ; grâce à lui,
le rebelle Ipsilanty a trouvé des
fers en mettant le pied sur le
territoire autrichien. Que te dirai-je, enfin ? quel musulman n'a
entendu parler de ce journal turc
rédigé par des chrétiens, qui a
si bien mérité de l'islamisme, et

nous a tant de fois consolés dans
nos - disgrâces ; de ce noble et
courageux *Observateur autrichien*,
qui a justifié les massacres de
Chio et d'Ipsara , contre lesquels
l'Europe osait jeter des cris de
fureur , qui a transformé nos
revers en prospérités et nos dé-
routes en triomphes ! Eh bien ,
c'est encore ce grand homme d'é-
tat qui soutient, anime , encou-
rage un journal si cher aux vrais
croyans ; dis-moi, un tel ministre n'a-t-il pas plus fait pour le
salut du croissant que n'ont fait
pour sa gloire tous les visirs ensemble, sans en excepter le grand
Coprougli? Ne méritait-il pas de

naître sous l'empire de notre
sainte loi ? Mais non, c'est un
de ces instrumens dont Allah se
sert pour exécuter les décrets
souvent inexplicables de sa volonté. Il avait décidé que son peuple serait sauvé par un chrétien ;
ce grand homme est né, et les
destinées se sont accomplies. Sa
politique généreuse a établi un
lien de fraternité entre lui et
les musulmans ; et, tout chrétien qu'il est, Mahomet lui doit
une place dans son paradis.

Eh bien, cher Hassan, ce puissant ministre, ce généreux pro-
tecteur, j'ai logé sous le même
toit que lui, j'ai contemplé long-

temps ses traits vénérés. Que de
sentimens sa présence a fait naître dans mon âme! Ce n'est pas
qu'il y ait dans son aspect rien
qui l'élève au-dessus des autres
hommes; mais je songeais à tout
ce qu'il a fait, et mes yeux se
mouillaient de larmes, et je me
sentais prêt à me jeter à ses
pieds, à baiser la trace de ses
pas. Hélas! cher Hassan, qui sait
sans lui ce que le sort aurait
ordonné des musulmans; qui sait
si, au lieu de traverser un pays
chrétien au milieu des fêtes, moi
et les miens, et jusqu'à notre
maître lui-même, nous ne se-
rions pas réduits à cacher dans

le désert nos têtes proscrites ?

Le ciel, qui m'avait accordé le bonheur de jouir de sa vue, n'a pas voulu que ce bonheur durât long-temps. Il ne passa que peu d'heures à Lyon ; mon cœur, que tant de joie avait dilaté, se serra en voyant sa voiture rapide l'emporter loin de moi. Tant qu'il fût resté dans cette ville, il m'aurait été impossible de m'en éloigner ; un charme irrésistible m'aurait retenu près de lui.

Comme il voyageait sans mission de son maître, d'après un usage établi chez ces chrétiens, on ne lui rendait point d'honneurs, tandis que j'étais l'objet des hommages

des magistrats de la ville. Quelque flatteur que fût ce contraste
pour la dignité musulmane, j'aurais, je te le jure, volontiers re-
porté sur sa tête les honneurs que
l'on me prodiguait.

Cette rencontre fortunée a telle-
ment occupé toutes mes pensées,
que j'ai fait peu d'attention à la
cité commerçante d'où je t'écris.
J'ai remarqué cependant qu'on m'y
témoignait moins de respect et
d'empressement qu'à Marseille.
Cette ville est peuplée principale-
ment de fabricans de ces beaux
tissus de soie dont nos femmes
aiment tant à se parer. Ces gens-là
paraissent avoir un esprit d'indé-

pendance qui doit les rendre favorables à la cause de nos ennemis.
Je crois, cher Hassan, que c'est
une classe nuisible et dangereuse
dans un état : on m'assure que des
hommes éminens partagent mon
opinion sur ce point; je leur en
sais bon gré.

LETTRE III.

SIDY-MAHMOUD

A HASSAN.

De Paris, le 17ᵉ. jour de Ramadhan.

ME voici enfin au terme de mon
voyage, cher Hassan ; me voici
dans cette grande cité où tout me
promet des jours plus remplis encore de plaisirs et d'honneurs que

ceux que j'ai passés depuis mon arrivée en France.

Des courriers avaient long-temps à l'avance annoncé mon arrivée ; le gouvernement français m'attendait, et n'avait négligé aucun préparatif pour me recevoir d'une manière digne du souverain que je représente.

Peu de temps après mon arrivée, je fus informé officiellement que le reis-effendy, qui, dans ce pays, porte le nom de ministre des affaires étrangères, était prêt à me recevoir en audience solennelle. Je lui fis savoir que je m'y rendrais le lendemain.

En approchant de son palais, je

vis, par le nombre de voitures qui
encombraient les avenues, que ma
présence excitait la curiosité, et
qu'une réunion nombreuse m'attendait. L'agitation et une sorte
de tumulte régnaient dans l'intérieur du palais ; on voyait des
gens affairés courir de tous côtés ;
il n'y avait pas jusqu'aux valets qui
n'eussent l'air tout troublés de voir
un Turc. J'aperçus que de nombreux signaux annonçaient mon
arrivée. Je fus immédiatement
conduit vers la salle où le ministre m'attendait. En approchant
de la porte, j'entendis du mouvement et un bruit sourd, comme
de gens qui prennent leurs places

en toute hâte, et qui se donnent
entre eux un dernier avertisse-
ment. Quand je fus introduit, tout
le monde était à son poste, tout le
monde avait pris une attitude aussi
digne et aussi imposante que pos-
sible. L'assemblée se composait
d'un grand nombre de personnages
couverts d'habits richement brodés. Ils se regardaient avec com-
plaisance dans les glaces, et cher-
chaient à lire dans mes yeux l'effet
que tant de magnificence produi-
sait sur moi. Ces gens-là ne savent
pas, cher Hassan, que ce faste n'a
rien de nouveau pour nous, et
qu'un de nos corsaires, dans une
course heureuse, nous rapporte

souvent des richesses supérieures à toutes celles qu'on étalait devant moi.

Au centre du demi-cercle que formaient ces personnages, se trouvait le ministre. Je ne sais pourquoi, seul de l'assemblée, il était demeuré assis et coiffé. Ah! cher Hassan, quelle coiffure! Si du moins elle ressemblait à notre majestueux turban! Mais jamais on n'a pu rien imaginer de plus drôle que ce bonnet noir à trois faces. Je crois cependant que c'était pour se montrer à mes yeux d'une manière plus imposante qu'il demeurait assis et la tête couverte de ce bizarre bonnet.

2*

Ces chrétiens me paraissent assez divertissans lorsqu'ils veulent se donner de la dignité.

J'eus soin cependant que le calme de mon visage ne se démentît pas, et je ne parus pas plus égayé en ce moment que je n'avais paru étonné l'instant d'avant en entrant dans la salle. Les complimens furent courts ; je fus assez satisfait de celui qu'il m'adressa.

Quand les complimens eurent été échangés et le cérémonial accompli, on ne tarda pas à laisser entrer dans la salle un grand nombre de femmes magnifiquement parées. Leurs têtes cou-

vertes de fleurs formaient comme
un parterre mouvant. Leurs corps
étaient étroitement serrés dans
des machines faites exprès ; ce
qui nuisait beaucoup à la grâce
et à la liberté de leurs mouve-
mens ; cependant j'en remarquai
parmi elles qui avaient de la
beauté. Elles me regardaient avec
une curiosité avide, et paraissaient surtout ambitionner d'attirer mes regards. Quand mes yeux
s'arrêtaient sur l'une d'elles, elle
en ressentait un mouvement de
satisfaction très-visible, et ré-
gardait les autres avec un air
de triomphe. Cette remarque aurait dû me flatter ; mais, te le

dirai-je ? ces regards si opiniâ-
trément scrutateurs me causaient
une sorte de déplaisir et d'embarras. Quel contraste ils m'offraient avec les regards craintifs
et supplians de ces deux petites
Grecques , que j'achetai cent sequins à un de nos corsaires re-
venant du massacre de Chio ! Nos
braves avaient exterminé toute
leur famille ; et, en passant entré
mes mains , elles se croyaient
vouées à la vengeance d'un maître
irrité. Qu'il me fut doux de dis-
siper leurs alarmes ! Depuis ce
temps elles forment , avec cette
belle femme d'Ipsara que je me suis
procurée lors de la destruction de

cette île coupable, le plus pré-
cieux ornement de mon harem.
Non, cher Hassan, ces femmes
chrétiennes, qui regardent un musulman sans en paraître le moins
du monde effrayées, sont bien
loin de valoir à mes yeux les esclaves tremblantes que chaque in-
vasion d'une ville grecque amène
en abondance sur nos marchés.

Jusque-là j'étais demeuré à
une certaine distance de la brillante assemblée dont les yeux
étaient fixés sur moi; mais tout
le monde paraissait avoir envie
de me regarder de plus près, et
bientôt hommes et femmes se
pressèrent en foule autour de

moi. Ne trouves-tu pas étrange
qu'une nation, dont la partie
active a parcouru toute l'Europe
et une portion du globe, qui
dans un temps plus récent a vu
les armées des Quatre-Vents fondre sur son territoire, témoigne
encore cette curiosité niaise et
enfantine à l'aspect d'un étranger? Cet empressement me donne une pauvre idée de son caractère.

Au milieu du bruit confus que
faisaient tant de personnes par-
lant toutes à la fois, Abdul,
mon interprète, a entendu sortir de la bouche de quelques
dames, des paroles flatteuses sur

les traits de mon visage. Mais, le
croirais-tu? mon gros ventre paraissait produire sur elles une
impression moins favorable, tant
on est loin, dans ce pays, d'a-
voir des idées saines sur la beauté!

Ma position commençait à me
paraître fort ennuyeuse, lorsque
heureusement on m'a fait passer
dans une salle où était préparé
un banquet. A peine fus-je à
table, que la curiosité dont j'é-
tais l'objet parut redoubler. On
se parlait tout bas, on portait
les yeux sur mon verre, sur un
flacon de cristal rempli de vin
que tenait un valet placé derrière
moi, et on semblait attendre,

avec un vif intérêt, ce que j'allais
faire. On m'avait déjà dit que ces
chrétiens tenaient beaucoup plus
à l'observation de quelques pra-
tiques mesquines, qu'à l'accom-
plissement des grands devoirs que
leur prescrit leur religion. Ce que
je voyais en ce moment me con-
firma dans cette opinion; toute
l'agitation que je remarquais était
causée par le désir de savoir si
je boirais ou si je ne boirais pas
de vin. Je ne voulus ni choquer
des gens si attentifs aux petites
choses, ni paraître attacher à ces
choses plus d'importance qu'elles
n'en méritent. Je fis annoncer par
Abdul que mon médecin m'ordon-

nait l'usage du vin pour ma santé;
et prenant une coupe remplie
d'un nectar petillant, je la vidai
tout d'un trait. Mais fidèle à notre sainte loi, alors même que je
transgressais un de ses moindres
préceptes, j'adressais des vœux
au ciel pour le succès de nos armes; je lui demandais que le
sang des Grecs coulât sous le cimeterre de nos guerriers comme
coulait sous mes lèvres ce vin
qui m'était offert par des chrétiens. Tous les spectateurs parurent enchantés quand ils virent
ma coupe vide; il semblait qu'ils
eussent remporté une victoire
parce que je venais de boire un

verre de vin. Je suis bien sûr
que parmi ces chrétiens qui bu-
vaient en même temps que moi,
il n'y en a pas un seul qui ait
songé à faire des vœux pour les
Grecs.

Le lendemain les journaux n'ont
pas manqué de rapporter les détails de cette réception, et ils ont
raconté, avec un ton de triomphe,
que j'avais bu du vin de Champagne. Je te le demande, cher
Hassan, s'occupe-t-on jamais à Tunis de ce que boit ou de ce que
mange un envoyé chrétien? en vérité, c'est ici le pays des petitesses.

Je ne saurais te dire combien
j'ai reçu d'invitations; chacun veut

m'attirer chez lui. Le préfet (c'est ainsi qu'on appelle le premier magistrat de la ville), m'a supplié d'honorer de ma présence le palais qu'il habite, et j'ai bien voulu le lui promettre. A peine avait-il obtenu mon consentement, que toutes les dames se sont précipitées vers lui pour solliciter la faveur d'être admises à la réception qu'il doit me faire. Vraiment je sais gré à ces chrétiens de l'empressement qu'ils me montrent. On m'a raconté que des envoyés des Grecs sont venus à Paris à plusieurs reprises, et qu'ils n'ont trouvé accès chez aucun personnage en crédit. Au contraire, mon turban semble produire ici un effet magique. J'ai entendu quelques-uns de ces chrétiens comparer la mission que je viens remplir au nom du bey de Tunis, à l'ambassade que le commandeur des croyans Aaroun-al-Raschid envoya à un de leurs rois, nommé Charlemagne. Je souscris volontiers à ce rapprochement, qui n'a rien que de fort obligeant pour moi et pour mon maître; il paraît d'ailleurs flatter beaucoup leur vanité; et, en flattant la vanité de ces gens-ci, on devient pour eux un objet d'enthousiasme et de prédilection.

P. S. On parle beaucoup ici

de la descente du brave Ibrahim Pacha près de Modon. Des chrétiens très-recommandables, que je vois souvent, se flattent qu'il aura bientôt conquis toute la Morée. Il y aura là de beaux coups à faire pour les nôtres, et nos marchés offriront alors un magnifique choix d'esclaves des deux sexes. Pense à moi, cher Hassan, s'il se présente quelque bonne affaire. Il y aura nécessairement de jolies filles à bon marché, j'en retiens quelques-unes. Il me faudrait aussi quelques esclaves mâles vigoureux. Ce vieux prêtre grec qui arrose mon jardin, ne peut guère tirer que cinquante seaux d'eau

par jour, malgré les coups de
nerf de bœuf qu'on lui donne; il
me faut quelque chose de mieux.
Je me repose sur ton amitié; quelque agréable que soit ma mission,
je regretterais qu'elle me fît man-
quer l'occasion qui se prépare.

LETTRE IV.

***

SIDY-MAHMOUD

A HASSAN.

De Paris, le 22e. jour de Ramadhan.

Je t'ai dit, cher Hassan, que j'avais promis au premier magis-trat de la ville d'aller le voir dans son palais. Je n'y ai point man-qué. Je savais qu'on avait fait de

grands préparatifs pour m'y recevoir, et je commence à m'amuser
beaucoup des efforts que font ces
chrétiens pour attirer mon attention ou pour obtenir de moi un
signe de satisfaction.

Le palais où réside le préfet est
un édifice vieux, lourd et noir,
bien éloigné des gracieuses et lé-
gères proportions que l'on donne
chez nous aux habitations opu-
lentes. A peine avais-je franchi la
porte, que je fus fort surpris de
voir la cour et le jardin envahis
par des constructions auxquelles
travaillaient des milliers d'ouvriers.
Lorsque j'arrivai au premier étage,
je vis également que les apparte-

mens étaient remplis d'ouvriers travaillant avec ardeur. Il semblait qu'on voulût non-seulement remettre à neuf l'intérieur de l'ancien bâtiment, mais encore l'agrandir du double de ce qu'il était. Je demandai à l'officier qui était venu me recevoir ce que signifiaient ces préparatifs. Il me répondit que c'était pour les fêtes qui auraient lieu bientôt. — Votre usage est donc, lui dis-je, d'élever un monument chaque fois qu'il y a une fête ; je ne m'étonne plus qu'on voie tant de monumens chez vous. Mais cet usage doit rendre vos fêtes très-dispendieuses. — La dépense n'y fait rien, répondit-il,

notre ministre des finances, qui est
la sagesse en personne, a pour
principe que plus on dépense, que
plus on fait de dettes, et plus on
s'enrichit. Aussi nous n'y regardons
pas, et nous faisons tout ce qu'il
faut pour parvenir au comble de la
richesse. (J'ai bien réfléchi sur ces
paroles, cher Hassan, et je ne suis
pas encore parvenu à en comprendre le sens.) Au reste, ajouta-t-il,
ceci n'est point un monument; ce
sont des constructions qu'on achè-
vera en trois mois de travaux, qui
serviront pendant sept ou huit
heures pour danser, et qu'on dé-
truira ensuite, moyennant de nou-
veaux travaux qui dureront un

mois environ. — Quel est donc, m'écriai-je, le sultan comblé de trésors, le corsaire toujours heureux dans ses courses, qui peut payer si cher une jouissance de quelques heures? — Il n'y a dans tout cela ni sultan, ni corsaire, me répondit-il, ce sont les habitans de Paris qui donnent cette fête.

Cette réponse me fit réfléchir; j'examinai les constructions que j'avais sous les yeux; elles m'avaient paru immenses d'abord : maintenant elles me paraissaient mesquines. Il était évidemment impossible que les habitans de la ville fussent contenus dans un si petit espace. Je communiquai cette réflexion à mon guide. — Oh ! me dit-il , Paris renferme sept à huit cent mille habitans , et on n'en admettra ici que quatre à cinq mille. — Ils seront donc , repris-je , choisis par les autres , et pris dans toutes les classes pour représenter la généralité des habitans. — Point , point , me répondit-il , c'est M. le préfet qui les choisira : car c'est lui qui a décidé que la fête aurait lieu au nom des habitans ; c'est lui qui en fera les honneurs , et c'est lui qui désignera les invités parmi les gens de la cour , les gens en place et les habitans les

plus riches. — Fort bien , lui
dis-je, je comprends maintenant;
c'est alors M. le préfet, ce sont
les gens de la cour, les gens en
place et les gens riches qui paie-
ront la fête. Mon homme fit
alors un grand éclat de rire dont
je ne fus pas médiocrement choqué ; je lui jetai un regard sévère pour le rappeler au respect
qu'il me devait; il cessa de rire
à l'instant ·même , et me dit
d'un ton un peu confus : Je vois
bien que votre excellence ignore
les secrets admirables de l'administration européenne ; les gens
de cour et les gens en place ne
paient rien, ou du moins fort peu

de chose ; c'est au contraire eux
qui sont payés. Celui qui paie pour
les jouissances des autres , c'est
le peuple ; et il y aurait une
épouvantable anarchie s'il en était
autrement. Ainsi donc , M. le
préfet donne une fête , il la
donne au nom des habitans de
Paris, ce qui est juste, puisque
c'est eux qui en paient les frais ;
mais ils n'y prennent point part,
ce qui est juste encore, puisque
des fonctionnaires publics largement rétribués y prennent part
pour eux. Les frais énormes de
cette fête sont payés au moyen
des sommes que l'on prélève sur
les objets de consommation qui se

trouvent ainsi doublés de prix ;
cette augmentation est peu sensible pour les riches, mais elle re-
tombe de tout son poids sur la
classe pauvre, pour qui elle est
une source de misère et de privations. C'est donc en définitif la
classe pauvre, ou ce que nous ap-
pelons le peuple, qui paie les
frais de la fête ; il n'y assistera
pas, mais il pourra de loin regarder l'illumination extérieure,
pourvu qu'il ne s'approche pas
trop des gendarmes : c'est bien
assez pour lui.

J'eus envie de rire à mon tour,
et je ne pus contenir la gaieté
que m'inspirait ce discours : Quoi !

m'écriai-je, ceux qui paient tout
n'ont part à rien ! Du moins
chez nous les corsaires. . . . . .
Au moment où mon interprète
commençait à répéter mes paroles en français, j'entendis derrière moi une voix aigre prononcer quelques mots dont je ne
compris pas le sens. En me re-
tournant, je vis qu'ils sortaient de
la bouche d'un individu couvert
de la tête aux pieds d'un vête-
ment noir qui lui serrait la taille. Il m'avait jusque-là regardé
d'une manière pleine de bienveillance, mais je vis alors sur son
visage les traces du mécontente-
ment et de la colère. Mon inter-

prête mexpliqua ses paroles, qui
étaient ainsi conçues : *Est-ce qu'il
y a aussi à Tunis des économis-
tes et des philosophes?* Je ne sais
pas ce que c'est que des écono-
mistes et des philosophes ; mais
je jugeai que c'était quelque chose de mauvais, et qu'il pouvait
m'être défavorable d'être assimilé
à cette classe de gens. On m'a-
vait dit d'ailleurs que cet homme
et beaucoup d'autres de sa robe
étaient bien disposés pour moi.
Je ne voulus pas les choquer, et
je mis fin à la conversation.

Je m'en dédommageai par mes
réflexions. Ces chrétiens prétendent que l'esprit de leur religion

5*

est de protéger le pauvre contre
le riche, le faible contre le fort.
Ils prétendent que leurs lois sont
faites dans l'intérêt du grand
nombre. Que t'en semble, sage
Hassan?

LETTRE V.

SIDY-MAHMOUD

A HASSAN.

De Paris, le 23e. jour de Ramadh

Il me reste à te raconter, cher Hassan, comment s'est passée la visite que j'ai faite au préfet dans son palais.

En quittant les appartemens où

j'eus la conversation que je t'ai rapportée dans ma lettre précédente, je fus introduit dans une vaste salle où m'attendait une réunion non moins brillante que celle que j'avais trouvée chez le ministre. Parmi les femmes qui y étaient en grand nombre, j'en reconnus beaucoup de celles que j'avais déjà vues. Je m'étais informé de la manière d'être de ces femmes qui montraient tant d'empressement à me voir. Ce sont, m'a-t-on répondu, des femmes pleines de religion, allant fréquemment à l'église, ayant un directeur, faisant faire abstinence à leurs laquais, suivant les pro-

cessions, et affiliées à ces associa-
tions mystiques que l'on appelle
congrégations. Eh bien, cher Hassan, elles n'en montrent pas
moins pour moi la plus aimable
bienveillance. Il y a, soit dans les
lois qui nous régissent, soit dans
notre costume, soit dans nos manières, soit dans la faculté qui
nous est accordée par notre religion d'avoir plusieurs femmes
(je remarque qu'elles s'informent
toujours avec beaucoup d'intérêt
du nombre de celles que je possède); il y a, dis-je, en nous
quelque chose qui paraît les en-
chanter. Tu serais frappé toi-
même de la sympathie que ces

dévotes du grand ton montrent
pour les musulmans ; il ne leur
manque que l'air soumis et crain-
tif de nos esclaves.

Le magistrat qui me recevait
chez lui m'accueillit avec un extrême empressement. C'est un
homme d'une figure agréable et
de manières très-gracieuses. Il me
fit beaucoup d'excuses sur ce
qu'on m'avait fait passer dans des
salles en désordre occupées par
des ouvriers. J'accueillis ces excuses avec bonté, et la conversation continua sur le ton le plus
amical. Cependant je vis tout à
coup que ses traits prenaient
une expression plus grave, il

parut se recueillir et méditer quelque grande pensée. Ce recueillement fut comme un signal auquel l'assemblée s'attendait; toutes les conversations particulières cessèrent et l'on se rapprocha de lui avec toutes les démonstrations d'une vive curiosité. Moi – même étonné de cette espèce d'appareil, je partageai la curiosité générale, et je me disposai à écouter attentivement les paroles qui allaient m'être adressées.

Le magistrat se mit à parler d'un ton plus grave et plus solennel qu'auparavant. Mon oreille, déjà accoutumée à la langue de ce pays, m'avertit bientôt qu'il ne

parlait pas français ; mais je ne
pouvais deviner à quel pays appar-
tenait le langage dur et inharmo-
nieux que j'entendais ; je pouvais
encore bien moins en comprendre
un seul mot. Au moment où je
jetais les yeux sur mon interprète
pour qu'il me transmît le sens de
ce discours, quel ne fut pas mon
trouble en voyant Abdul me regarder d'un air confus, et m'annoncer par un geste expressif qu'il
ne comprenait pas plus que moi.
Juge de mon embarras et de mon
chagrin ! Connaissant le caractère
vaniteux de ces chrétiens, combien
ne m'était-il pas pénible de décla-
rer à celui-ci que je n'entendais

pas un mot d'un discours auquel
il paraissait attacher tant de prix !
La sagacité d'Abdul me tira d'affaire. A force de prêter l'oreille, il
entendit un des spectateurs dire à
demi-voix à son voisin, avec un
geste admiratif : « Il parle arabe ! il
» parle arabe ! » Ces mots, qu'Abdul me transmit aussitôt, furent
pour moi un trait de lumière. Je
repris toute ma sérénité ; j'écoutai
mon interlocuteur très - attentivement et avec l'apparence d'un
grand intérêt. Lorsqu'il eut fini,
je lui adressai, sans intermédiaire,
ma réponse dans le dialecte particulier à ces tribus de l'Atlas,
parmi lesquelles j'ai passé une

4

partie de mon enfance. Il faut lui
rendre justice, sa présence d'esprit fut égale à la mienne; il
m'écouta avec un grand sérieux,
et ensuite il se hâta, sans être
aucunement déconcerté, d'expliquer aux spectateurs ce que, di-
sait-il, je venais de lui répondre.
Il s'éleva alors un cri d'admiration dans l'assemblée : tout le
monde s'empressait de complimen-
ter mon hôte sur son vaste savoir.
Il recevait ces complimens avec
une apparente modestie; mais je
voyais son œil rayonner de plaisir.
Je te l'ai déjà dit, cher Hassan,
c'est ici le pays des petites vanités.

Le lendemain les journaux n'ont

pas manqué de dire qu'on m'avait
parlé arabe, et que j'avais fait une
réponse très-intéressante. Croirais-
tu, cher Hassan, qu'au moment
où mon hôte s'imaginait me parler
arabe, il avait l'intention de m'in-
terroger sur certaines ruines d'une
ville antique qui se trouvent aux
environs de Tunis ? Conçois-tu une
pareille idée ? Que nous importe à
nous ce qu'ont été ces ruines et ce
qu'elles sont aujourd'hui ? Nous ne
nous en sommes jamais occupés
que pour savoir si la tempête avait
jeté sur la côte qui les avoisine
quelque navire à piller ou quelques chrétiens à faire esclaves.

On m'a offert de me conduire

dans tous les établissemens publics que renferme cette grande
capitale ; j'ai accepté , car ces
visites me divertissent. Ces chrétiens sont si contens d'eux-mêmes
et de tout ce qu'ils font, qu'à
chaque chose qu'ils me montrent,
ils ont l'air de croire que je vais
rester muet de surprise ou jeter des
cris d'admiration. Mais je ne leur
procure pas ce plaisir ; je regarde
tout d'un air distrait et indiffé-
rent. Tu ne saurais croire combien cette impassibilité les décon-
certe : leurs figures allongées
m'amusent alors beaucoup.

Parmi ceux qui m'ont le plus
pressé d'aller leur faire visite, j'ai

remarqué le chef de la police. Nous avons bien aussi une police chez nous ; mais elle ne peut pas te donner une idée de celle de ce pays. Ici il semble que rien ne puisse se faire sans la police ; elle se mêle des fêtes, des enterremens, du commerce, de la religion, de l'armée, de la diplomatie. Je suis assez curieux de voir cet établissement dont le chef, si j'en juge par la bienveillance qu'il m'a témoignée, doit être bien disposé pour les Musulmans : on m'assure que c'est un homme très-zélé pour sa religion : c'est décidément parmi ceux-là que sont nos meilleurs amis.

LETTRE VI.

———◦●◦———

SIDY-MAHMOUD

A HASSAN.

De Paris, 25ᵉ. jour de Ramadhan.

J'ai visité hier, cher Hassan,
le palais de la police.

Te souviens-tu de cet heureux
temps de notre première jeunesse,
où nous écumions les mers sur

un navire plus léger que les vents,
où nous fondions sur les vaisseaux marchands comme le terrible épervier fond sur la co-
lombe timide? Te souviens-tu de
ces renégats, de ces boucaniers
endurcis qui servaient sous nos
ordres ? Combien de fois nous
avons contemplé avec une sorte
d'effroi leurs figures sinistres ,
vrai miroir de leur âme, qu'ha-
bitait seule la soif du gain, et
dont jamais la pitié n'avait ap-
proché ! Eh bien, ce sont des
figures de ce genre-là que j'ai
vues errer autour de moi comme
des ombres , dans les corridors
obscurs que l'on m'a fait traver-

ser avant d'arriver à la salle où j'étais attendu.

A mon arrivée, le maître de la maison me reçut avec une extrême politesse, qui contrastait singulièrement avec les figurés que je venais d'apercevoir. Il y avait bien là des messieurs en habits brodés et même quelques dames ; mais il semblait que le lieu jetât un voile de tristesse sur tout ce qui y était renfermé, et je sentis bientôt l'ennui s'emparer de moi. On se mit à me faire un étalage fort savant de tout le mécanisme de la police. On m'expliqua comment on se procurait des notes sur un individu,

comment on le faisait surveiller,
comment on l'arrêtait au besoin,
comment on lui rendait la vie
dure en prison, comment on dé-
couvrait les complots , comment on
se procurait des intelligences, etc.
Je remarquai qu'on me parlait
beaucoup plus de la manière
de surveiller les suspects et d'é-
venter les complots, que de la
manière d'arrêter les voleurs ;
il paraît que ceci n'est qu'un
objet secondaire; aussi j'apprends
qu'il se commet dans cette ville
une immense quantité de vols.
Il me parut aussi qu'en encoura-
geant aussi puissamment le zèle
des agens chargés de découvrir

les complots , on pouvait bien
leur donner l'idée d'en fabriquer
eux-mêmes. Mais je ne communiquai point ces réflexions, et je
continuai d'écouter avec patience
l'énumération des finesses et des
bienfaits de la police , qui est ,
me disait-on , un utile auxiliaire
de la religion, et un appui in-
dispensable de la politique. Quand
ce fut fini , on paraissait attendre de moi des éloges et des té-
moignages d'approbation ; mais, à
la grande surprise des auditeurs,
je ne me montrai nullement
émerveillé de ce qu'on venait de
me dire. « Vraiment, leur dis-je,
» voilà bien du temps, des peines

» et de la dépense perdues pour
» une besogne que vous pourriez
» faire plus commodément et plus
» expéditivement. Il s'en faut bien
» que vous soyez arrivés à la per-
» fection dont la police de Tunis
» vous offrirait le modèle. Qu'est-il
» besoin de tous vos agens, de vos
» rapports, de vos surveillances?
» Vous avez bien au milieu de
» tout cela quelques vestiges des
» bonnes traditions, mais vous les
» suivez trop timidement. Un cadi,
» chez nous, va bien plus droit
» au but : un individu est-il sus-
» pect, il le mande, lui fait don-
» ner la bastonnade, et voilà cet
» individu bien averti qu'on a les

» yeux sur lui. Deux particuliers
» se disputent et se plaignent l'un
» de l'autre, on leur donne la bas-
» tonnade à tous deux, et l'on
» s'informe ensuite lequel a raison.
» Un insolent a-t-il dit un mot ir-
» révent pour une autorité, on lui
» administre une double et triple
» bastonnade, et il se retire bien
» convaincu qu'on ne doit parler
» de l'autorité qu'avec éloge. Si la
» bastonnade est insuffisante, nous
» avons la corde et le pal. » Pendant que je parlais ainsi, la surprise et le désappointement se
peignaient sur le visage de mon
hôte, qui avait cru me surprendre par le magnifique tableau

de son administration ; mais je
faisais alors peu d'attention à lui,
car un autre spectacle attirait
tous mes regards.

Avant de prendre la parole,
j'avais remarqué, dans un coin
de l'appartement, un petit homme
mince, ayant des cheveux noirs,
des yeux de même couleur fort
vifs, mais dont il savait rendre
le regard extrêmement douce-
reux. Il paraissait n'avoir pas
voulu se mettre en évidence ;
mais je jugeai que ce devait être
un personnage marquant, car
tous ceux qui l'entouraient lui
témoignaient une grande soumission. Il avait paru distrait pen-

dant le long discours qu'on m'a-
vait adressé, mais son attention
se réveilla quand je pris la parole. A peine eus-je parlé de nos
cadis et cité la manière dont
ils emploient la bastonnade pour
le maintien de l'ordre, que je
vis cet homme lever les yeux au
ciel avec une sorte de transport;
et, à chaque exemple de bastonnade que je rapportais, j'entendais sortir de sa bouche ces ex-
clamations proférées à demi-voix:
« C'est là un pays ! c'est là une
» police ! c'est là une admini-
» stration ! c'est là une justice ! »
Quand j'eus cessé de parler, il
me regarda avec une sorte de

vénération et de tendresse que
je n'avais encore excitée chez personne. Je crus que cet homme
avait envie de se faire Turc ;
mais Abdul entendit dire autour
de nous que c'était un des catholiques les plus fervens qu'il
y eût en France , et qu'il jouait
un grand rôle dans ces associa-
tions mystiques qui me paraissent avoir beaucoup de rapports
avec l'administration dont on venait de m'exposer les ressorts.

Voilà donc encore un catholique zélé qui admire et qui envie les Turcs ! Quant à celui-ci,
du moins, je n'ai pas de peine
à m'expliquer la cause de son

penchant pour nous; il est évi-
dent que c'est notre manière de
simplifier la police et d'abréger
les procédures par l'intervention
du bâton.

Je me suis hâté de sortir de
cette triste habitation. Dans tout
ce que j'ai vu jusqu'à présent,
j'ai toujours remarqué quelque
chose d'amusant, mais ici il n'y
a rien de semblable. J'en suis
sorti fort mal disposé; il me
semble, depuis vingt-quatre heures, que j'entends la voix monotone qui m'a donné de si lon-.
gues et de si ennuyeuses explications, et que je vois toujours
les figures qui passaient si rapi-

dement autour de moi dans les
corridors. Cher Hassan, je ne
reviendrai plus à la police, ne
fût-ce que pour une heure,
j'aimerais presque autant passer
une journée à fond de cale au
milieu d'une trentaine d'esclaves
chrétiens.

LETTRE VII.

SIDY-MAHMOUD

A HASSAN.

De Paris, le 29e. jour de Ramadhan.

POURQUOI le bien est-il toujours mélangé de mal, ou plutôt,
quand une lueur de bien nous
apparaît, pourquoi faut-il qu'elle
soit étouffée aussitôt sous les

nuages épais que le génie du mal amasse autour d'elle! Je n'ai que trop raison aujourd'hui de déplorer cette triste condition des choses humaines. Je t'ai parlé des journaux avec éloge, je t'ai dit que c'était une institution admirable, et en effet j'avais lieu de le croire, car jusqu'à présent ils n'avaient parlé de moi qu'avec respect et admiration. Mais le croirais-tu? il en est qui, dans leur amour pour les Grecs, ont poussé l'insolence jusqu'à rire des honneurs qui me sont prodigués (1), jusqu'à qualifier de

_____

(1) Sidy-Mahmoud paraît ici faire allu-

pirates nos braves compatriotes.
Les scélérats! il leur appartient
bien de parler ainsi lorsque je
suis traité à l'égal des ambassadeurs des plus puissans monar-
ques! Ils nous reprochent des pirateries, des brigandages, comme si ces prétendues pirateries,
ces prétendus brigandages, n'é-
taient pas sanctionnés par les
puissances qui nous traitent en
amis! Ils oublient donc que j'ai
été reçu ici à bras ouverts par
leurs ministres, et que je vais
représenter, au sacre de leur roi,

---

sion à quelques articles publiés dans le
Courrier français.

un peuple intrépide qui fait, il
est vrai, le commerce maritime
à main armée, mais qui n'en
est pas moins respecté par les
gouvernemens chrétiens! Que sont-
ils donc, d'ailleurs, ces chrétiens
si insolens? Sont-ils moins que
nous avides d'or et de richesses?
Ah! si j'avais le temps de te raconter tout ce que j'ai appris ici,
tu verrais s'ils ont droit de nous
adresser des reproches: l'or est le
seul dieu auquel ils sacrifient;
la religion même n'est pour la
plupart d'entre eux qu'un moyen
de faire fortune. Honneur, conscience, dignités, tout se vend,
tout s'achète; au moins si nous

aimons les richesses , ce n'est
point par des bassesses, c'est au
risque de notre vie que nous les
acquérons. Ils parlent de pirates!
Ah ! comment nomment - ils donc
ceux qui ont pris part aux marchés passés pour la subsistance
de leur armée pendant la dernière guerre qu'ils ont faite à
l'Espagne !

Ces journaux sont bien décidément une invention détestable,
avec laquelle il ne peut y avoir
de paix dans un pays. Le peuple
en est engoué; mais j'entends ici
les personnages qui me font un
accueil si distingué, prouver sans
replique que la puissance des mi-

nistres ne peut être ni paisible,
ni illimitée, que par conséquent
le pays ne peut être heureux tant
qu'on laissera publier ces feuilles
maudites; ils ont l'espérance de
s'en débarrasser. Je t'assure, cher
Hassan, que les conseillers du
Bey, notre maître, ne parleraient
pas avec plus de sagesse.

J'ai encore un autre sujet de
colère et d'indignation contre ce
peuple imbécile. Croirais-tu qu'ils
ont osé ouvrir une souscription
en faveur des Grecs, et qu'il y
a, à la tête de cette souscription, un comité qui communique
avec les rebelles? Les gens que
je vois habituellement en témoi-

gnent presque autant de mécon-
tentement que moi; mais ils
prétendent qu'ils ne peuvent l'empêcher; ils m'assurent d'ailleurs
que, par compensation, on laisse
passer des secours au pacha d'É-
gypte. Ah! Cher Hassan, je
commence à m'en apercevoir, la
masse de ce peuple est perverse
et corrompue. Je ne trouve de
bons sentimens que parmi les gens
de haut parage que je vois habituellement. Je suis fêté dans
les salons, mais je suis mal accueilli dans les rues. Quand je
sors dans ma voiture découverte,
je n'aperçois que des regards insolens' et moqueurs dirigés sur

moi, pas le plus léger signe de respect et d'admiration. Il y a plus, Abdul a saisi plus d'une fois des paroles injurieuses proférées sur mon passage; ces gens-là témoignent de l'indignation de ce qu'on accueille avec distinction ce qu'ils appellent un bourreau des Grecs. Il ne m'est plus permis d'en douter, ce peuple fait cause commune avec les chrétiens d'Orient, il les regarde comme des frères, il fait des vœux pour leur triomphe; et cependant les hommes recommandables que je rencontre souvent, répètent sans cesse que ce peuple est sans foi et sans religion.

On m'assure que du haut de la chaire les prêtres ne cessent de lui reprocher son impiété. Il y a là quelque chose d'inexplicable pour moi. Ce sont les impies, les gens sans religion qui épousent la cause des chrétiens d'O-rient, tandis que les gens pieux et zélés pour la foi se montrent favorables aux Turcs. Il y a tant d'inconséquence chez ces chrétiens, qu'on ne peut jamais se flatter de comprendre leur conduite.

Hélas! cher Hassan, ce peuple contre lequel je ressens une si juste indignation, n'a que trop sujet de se réjouir. Quelles fu-

nestes nouvelles il arrive chaque
jour de la Morée! Se peut – il
qu'Ibrahim Pacha se soit laissé
vaincre par ces infâmes rebelles?
Mais aussi pourquoi confiait – il à
des chrétiens le commandement
de ses troupes? Il a reconnu sa
faute trop tard, il l'a réparée
autant qu'il était en lui par le
supplice de ces misérables; cette
juste vengeance a mêlé quelque
consolation à la douleur que me
causaient tant de funestes nouvelles. Que sont devenues les
espérances que nous fondions sur
cette campagne? Je croyais déjà
voir nos vaisseaux revenir dans
le port, chargés d'esclaves et de

butin, et je me berçais de l'i-
dée que tu pourrais faire pour
mon compte quelques marchés
avantageux; tout espoir est donc
évanoui! Si je n'en croyais que
mon premier mouvement, j'en-
verrais l'ordre de faire périr sous
le bâton, tous mes esclaves
chrétiens; mon intérêt seul m'ar-
rête, rien ne les sauvera d'un
redoublement de rigueurs.

Tant de contrariétés m'irritent,
et je me sens à peine assez de
liberté d'esprit pour te rendre
compte de ce que j'ai vu de nouveau depuis ma dernière lettre.
Tu sais que ces chrétiens ont deux
assemblées chargées de travailler

à faire des lois, comme si les lois
ne devaient pas émaner unique-
ment de la volonté du maître!
L'idée m'a pris d'aller voir celle
de ces assemblées dont les séances
sont publiques. Le local où elle
se tient m'a paru beau ; mais rien
de moins imposant que tous ces
hommes assis sur des bancs, cau-
sant tous ensemble, s'agitant sans
nécessité, riant sans sujet, comme
c'est l'habitude des gens de ce
pays. Vingt Turcs assis sur des
carreaux, fumant leur pipe en
regardant les flots de la mer,
offrent, à mon avis, un coup
d'œil bien plus majestueux que
cette nombreuse réunion.

Ma présence produisit assez de sensation; je vis beaucoup de membres de l'assemblée me regarder avec attention, et même avec bienveillance. J'en remarquai cependant une douzaine qui, rassemblés à l'autre extrémité de la salle, faisaient à peine attention à moi, et ne me regardaient de temps à autre qu'avec un air distrait et dédaigneux. J'aurais parié dès ce moment que c'étaient des hommes extrêmement dangereux pour leur gouvernement : le soir même j'étais dans le salon d'un ministre, et l'on m'a confirmé dans cette opinion.

Par un heureux hasard la dis-

cussion s'engagea sur un sujet
qui se rattache au genre de connaissances que je possède spécia-
lement : il s'agissait de la traite
des noirs. Tu sais, cher Hassan,
que ces chrétiens viennent acheter sur la côte occidentale de
notre continent des nègres prisonniers, pour les transporter
dans leurs colonies. Nous n'avons
jamais voulu, nous autres musulmans , nous mêler d'un pareil
commerce, il est indigne de nous.
Quand nous faisons des esclaves,
c'est le cimeterre au poing, et au
risque de notre vie; mais ces lâ-
ches chrétiens trouvent plus com-
mode de laisser combattre les

peuplades nègres, et de venir ensuite sans danger, et à prix d'or, acheter ce que d'autres ont conquis au prix de leur sang. Depuis dix ans, quelques nations chrétiennes ont jugé à propos d'abolir la traite des noirs : c'est une détermination sur laquelle nous n'avons rien à dire, puisque, respectant les droits qui nous sont acquis, elles ne prétendent pas nous empêcher de faire la traite des blancs. Cependant, malgré les lois d'abolition, ce commerce a continué, favorisé en secret par des hommes puissans. C'est contre cette protection que quelques marchands réclamaient : ils qua-

lifiaient le commerce des esclaves
noirs de piraterie : ce mot me fit
prêter l'oreille. Je vis monter à la
tribune un homme dont la figure
ne me prévint pas. Parmi ces figures chrétiennes, il y en a qui
m'ont déplu, d'autres qui m'ont
donné envie de rire, mais aucune
ne m'avait encore produit l'impression que je ressentis en ce
moment. Ce fut bien pis quand
il parla : sa grosse voix, qu'il
poussait avec effort, fatiguait mon
oreille de son bruit monotone ;
et cependant, cher Hassan, il
était inspiré par l'esprit de sagesse, il défendait les négriers ;
il s'indignait contre les marchands

qui voulaient proscrire ce commerce ; il les traitait avec mé-
pris. Je suis sûr qu'il n'y a de
marchands respectables à ses yeux
que ceux qui vendent des esclaves. Pourquoi dans ce moment
quelque orateur n'a-t-il point parlé
de la principale branche de notre
commerce! j'aurais eu le plaisir
d'entendre cet homme défendre
avec éloquence ce que ses compatriotes osent nous reprocher
comme un brigandage. Quoiqu'il
parlât avec une profonde sagesse,
j'ai remarqué que beaucoup d'auditeurs offraient sur leurs visages
l'expression de la surprise et de
l'improbation. En descendant de la

tribune, il me lança un regard
de triomphe comme pour me demander si j'étais satisfait. Mon
premier mouvement fut de me
lever et de lui tendre les bras ;
mais un nouveau coup d'œil jeté
sur lui m'arrêta, et je sentis se
renouveler l'impression qu'il avait
d'abord produite sur moi. J'eus
beau chercher à me vaincre, je
ne pus prendre sur moi de lui
accorder le signe de satisfaction
qu'il paraissait ambitionner.

Je ne puis m'y méprendre,
cher Hassan, la coïncidence d'une
pareille discussion avec ma présence à la chambre n'est pas
l'effet du hasard, c'est un hom-

mage délicat qu'on a voulu me rendre. J'éprouve, depuis mon séjour ici, que pour ces sortes d'attentions flatteuses, d'aimables prévenances, les chrétiens nous sont infiniment supérieurs; mais de tels soins s'allieraient mal avec notre dignité. Je serais assez disposé à être reconnaissant de cette dernière galanterie, mais ils auraient bien dû choisir un orateur dont le visage fût plus agréable à mes yeux, et la voix plus douce à mon oreille. En vérité, après un tel choix, je ne puis leur tenir compte que de l'intention.

LETTRE VIII.

SIDY-MAHMOUD

A HASSAN.

De Paris, le 8ᵉ. jour de Chawwal.

CES chrétiens m'ennuient, cher Hassan, je ne connais rien de plus fatigant que la monotonie qui règne parmi eux. Quand on en a vu un, on peut croire qu'on les a vus

tous. Leur langage, leurs manières, leurs gestes, tout paraît,
comme leurs habits, calqué sur un
modèle uniforme. Lorsqu'on les
aborde, lorsqu'on les quitte, on
est toujours sûr de ce qu'ils diront
et de l'attitude qu'ils prendront.
Suivant la question qu'on leur
adresse, on pourrait annoncer d'a-
vance la réponse qu'ils vont faire
et le ton dont ils la feront : c'est
chez tous le même jargon, le même
air apprêté, la même vanité. Lorsqu'ils sont rassemblés dans un salon, il n'y en a pas un qui parle
ni qui agisse autrement que les autres ; ils ressemblent parfaitement à
leurs soldats, qui, à un comman-

dement donné, exécutent tous à la
fois le même mouvement avec un
ensemble admirable.

J'ai vu ici différentes classes de
la société sans trouver un change-
ment notable dans les manières ;
car comme ce peuple est tout pétri
de vanité, chaque classe s'efforce
de copier le ton et la manière d'être
de la classe qui est au-dessus d'elle.
Je me suis trouvé avec des gens de
divers états ; j'ai visité des marchands, des fabricans, des manu-
facturiers. Je savais qu'il y en avait
parmi eux qui n'avaient pas de
plaisir à me voir ; quelques-uns
même faisaient partie de la société
établie en faveur des Grecs, ce qui

5*

peut te faire apprécier les sentimens
que ma présence devait leur inspi-
rer. Je n'en ai pas moins été reçu
par eux avec tout l'empressement
imaginable; ils n'en ont pas moins
paru flattés de ma visite. J'avais été
bien reçu par les gens de cour et
les ministres; dès-lors c'était un
honneur d'être visité par moi et
de me faire fête; chacun s'empressait de faire comme avaient fait les
gens de cour et les ministres. J'ai
profité de cet assaut de vanités sans
en être dupe, et je ne conserve pas
pour ces hôtes empressés plus de
reconnaissance qu'ils n'en méritent
de ma part.

Las de tant d'insipides politesses,

de tant de démonstrations men-
teuses, j'ai voulu me rapprocher
un moment de la nature, et me
retremper en quelque sorte dans
l'air natal. Les lions que mon maître envoie ici en présent viennent
d'arriver; je suis allé les voir. Leurs
rugissemens que j'entendais de loin
m'ont fait tressaillir; mille sentimens ont agité mon âme, lorsque
j'ai aperçu ces hôtes du désert.
Ils étaient tristes et mornes; leurs
têtes baissées, leurs regards tour-
nés vers la terre annonçaient assez
combien ils souffrent de leur exil
dans ce climat sans soleil. Mais, à
l'aspect de mon turban, leur crinière s'est agitée, leurs yeux se

sont ranimés, leurs nazeaux se sont
ouverts, ils avaient reconnu leur
maître. Je suis resté long-temps
près d'eux, j'ai caressé leur cou
nerveux, j'ai passé mes doigts dans
leur épaisse crinière. Je les ai vus
se rouler à mes pieds, me lécher
les mains, adoucir pour moi leur
regard terrible. Quand il m'a fallu
les quitter, leurs cris douloureux
semblaient me rappeler, de grosses
larmes tombaient de leurs yeux;
j'étais ému moi-même en m'éloi-
gnant de ces nobles créatures. Ah!
cher Hassan, que cette nature sau-
vage est imposante! comme elle
rabaisse encore à mes yeux la nature chétive et travaillée dont je

suis entouré! Que ne m'est-il possi-
ble de passer auprès de ces rois du
désert les heures que l'étiquette me
condamne à passer dans les salons
de ces automates chrétiens!

Les habitans de Paris ont
montré de l'empressement pour
voir les animaux envoyés par notre maître. Ces dons, qui ne
nous coûtent pas cher, paraissent
avoir beaucoup de prix à leurs
yeux. Leur gouvernement ne voudra pas être en reste avec le
prince qui les leur a envoyés,
la vanité de ces chrétiens m'en
répond. Je recevrai sans doute en
retour des présens d'une grande
valeur ; notre maître alors aura

fait une bonne affaire, et j'espère que mon voyage lui vau-
dra plus que ne lui a valu,
dans les premiers mois de cette
année, la part qu'il prélève sur
les prises, hélas! bien rares maintenant, de nos braves corsaires.

Je touche au moment le plus
important de ma mission, qui,
j'espère, sera bientôt terminée :
le roi va se faire sacrer à Reims.
Je suis si las de l'étiquette et
des cérémonies de ce pays, que
je me dispenserais volontiers de
cette solennité; mais pour la dignité musulmane, pour notre
importance politique, il est nécessaire que j'y assiste. Il faut

que ma présence rappelle aux peuples de l'Europe que les rois chrétiens se regardent comme les frères du sultan et des autres princes musulmans; il faut qu'on puisse dire que les régences d'Afrique ont eu leur représentant sur les bancs de la diplomatie européenne, et que les chrétiens d'Orient, réprouvés comme d'infâmes rebelles par leurs frères d'Occident, n'ont point participé à un pareil honneur. Un si grand intérêt triomphe de toutes mes répugnances. Je vais partir, cher Hassan; je t'écrirai à mon retour.

LETTRE IX.

SIDY-MAHMOUD

A HASSAN.

De Paris, le 21e. jour de Chawwal.

MON voyage et ma mission sont accomplis, cher Hassan; j'ai vu ces solennités auxquelles les chrétiens paraissent attacher tant d'importance. Je ne connais point

6

assez leur religion pour te faire
un tableau exact de cette pompe
toute catholique. Je ne puis que
te répéter ce vieux mot d'un
ambassadeur chrétien que l'on
m'a appris ici : « Ce que j'y ai
» trouvé de plus étonnant, c'est de
» m'y voir. »

Ce voyage m'a offert un nouveau trait du caractère particulier à cette nation. On aurait dit
que toute la France allait se pré-
cipiter dans l'enceinte de Reims ;
que cette ville serait trop étroite
pour contenir la foule qui allait
s'y porter. Les habitans prépa-
raient leurs maisons, s'appro-
visionnaient de vivres pour re-

cevoir les hôtes innombrables qu'ils attendaient. Les curieux, tout en se préparant au voyage, tremblaient de ne pas trouver, au poids de l'or, un toit pour s'abriter et un morceau de pain pour se nourrir. Puis, tout à coup ces gens se sont effrayés de leur propre empressement ; à force d'entendre dire que tout le monde devait y aller, chacun en particulier, par crainte de la dépense et de la gêne, a pris la résolution de ne pas s'y rendre. Il en est résulté qu'il ne s'est trouvé à la cérémonie que ceux qui y étaient obligés par les emplois qu'ils occupent. Toute cette af-

fluence, dont on avait tant parlé
à l'avance, n'a été qu'une fumée
mensongère. Je n'ai rien vu de
plus léger et de plus inconsé-
quent que cette nation; elle ne
peut persévérer vingt-quatre heures dans une volonté, dans un
sentiment, dans une résolution ;
il n'y a que la vanité qui soit
chez elle tenace et immuable.

Ils avaient pourtant là une
belle occasion de satisfaire leur
penchant pour la représentation;
c'était un assaut de magnificence
tel qu'ils en voient rarement.
Que ces chrétiens paraissaient
fiers! comme ils se rengorgaient
sous leurs habits tout chamarrés

d'or ! comme ils regardaient autour d'eux pour juger de l'admiration qu'ils inspiraient ! Je
suis sûr qu'ils se croyaient plus
grands de quelques coudées. Ce
spectacle est ce qui m'a le plus
amusé de toute la cérémonie.

Je ne puis, cher Hassan, porter
un jugement sur la cérémonie
en elle - même , ni sur le but
moral ou politique qu'elle renferme ; je ne connais point assez
les mœurs et la religion de ce
pays. Tu sais que nos princes
attachent un grand prix à ne
point laisser croire que leur pouvoir puisse être soumis au pouvoir des docteurs de la loi , et

qu'ils croiraient commettre une grande faute en ne maintenant pas dans une complète indépendance leur autorité , dont ils sont si jaloux. J'ai lieu de croire , d'après ce que j'ai vu , qu'on a ici d'autres idées. Ce qu'il y a de sûr , c'est que cette solennité m'a paru consacrée presque sans partage à la gloire des prêtres du Christ. Ah ! cher Hassan , que ces évêques étaient magnifiques ! Combien d'or , de perles et de pierreries étincelaient sur leurs habits ! Quel trésor inestimable offre une pareille réunion de prélats , lorsqu'ils sont revêtus de leurs plus beaux orne-

mens! Je n'ai jamais rien vu
d'aussi admirable pour la richesse.
Je ne pouvais m'empêcher de penser à la joie de nos corsaires,
si jamais le ciel leur offrait une
semblable proie. Quelle différence
entre de pareils évêques et ce pauvre diable d'évêque grec que j'a-
vais acheté à un corsaire venant
de Chypre, et que j'ai revendu à
Mustapha, le marchand d'esclaves!

J'ai joué un grand rôle dans
cette solennité. Je représentais à
moi seul tout l'islamisme. Mon
turban s'élevait majestueusement
au milieu de cette pompe chrétienne ; j'étais là comme une
protestation vivante en faveur des

droits du croissant contre l'audace des chrétiens rebelles. Qu'ils
ne viennent plus nous dire que
la communauté de religion atta-
che à leur cause les princes
chrétiens. Ma présence dans la
basilique de Reims a prouvé à
la face du monde que ces princes, inspirés par la sagesse d'en
haut, tiennent plus à la cause
des sultans, qui sont leurs frères en légitimité, qu'à la cause
des Grecs, qui ne sont que leurs
frères en Jésus-Christ.

J'ai eu lieu de reconnaître
combien la gravité de notre caractère, la sérénité de notre humeur, la maturité de notre juge-

ment, nous rendent supérieurs à
ces chrétiens qu'agitent sans cesse
de folles passions et une misérable vanité. Figure-toi que parmi les ambassadeurs qui sié-
geaient auprès de moi, il y en
avait à peine un qui ne se trou-
vât pas blessé dans quelques petites prétentions, et qui n'éprou-
vât pas intérieurement un vio-
lent dépit. T'en expliquer les
motifs me serait fort-difficile ; je
puis seulement t'assurer que c'é-
tait pour des futilités sur lesquelles un homme doué de raison, n'eût point arrêté un seul
instant son attention. L'un qui
avait apporté de la vaisselle d'or

pour donner des festins qui devaient, disait-on à l'avance, coû-
ter quinze sequins par tête, laissait pour se venger sa vaisselle
d'or emballée dans les caisses, et
s'en allait dìner tout seul dans sa
chambre. Sa femme, qui s'était
flattée d'éclipser par son faste
toutes les femmes présentes à la
cérémonie, s'abstenait, par vengeance, d'y assister, et restait
seule à se morfondre dans son
appartement. Un autre qui était
aussi fâché, je ne sais pourquoi,
se rendait dans le local où dì-
naient les ambassadeurs; mais,
pour donner une éclatante satisfaction à sa dignité offensée, il

s'y rendait sans être en costume de parade et allait manger dans un salon séparé. Pour moi, foulant aux pieds ces pitoyables tracasseries, inaccessible aux petites passions qui s'agitaient autour de moi, planant sur ces misères indignes d'arrêter mes regards, j'opposais un calme imperturbable à la folle irritation de tant de vanités, et j'accablais de tout l'ascendant de ma dignité ces hommes si peu pénétrés de la gravité du caractère dont ils étaient revêtus.

J'occupais un rang distingué dans les marches d'appareil où figurait le corps des ambassadeurs.

Je remarquai un instant près de moi un individu vêtu d'un uniforme rouge avec des épaulettes. Quoiqu'il fût parmi les ambassadeurs, il n'avait pas l'air diplomatique; quoiqu'il fût en uniforme, il n'avait pas la tournure militaire. Je dis à mon interprète de s'informer de ce qu'il était; mais les renseignemens qu'obtint Abdul ne m'instruisirent guère. Les uns lui dirent que c'était un Juif, les autres que c'était un Arabe, ce qui me laissait toujours dans la même incertitude. Mais je sus bientôt que c'était un ami de notre puissant ami l'Autrichien; que le ciel lui avait départi l'a-

bondance des trésors; qu'il prê-
tait de l'argent à tous les princes
chrétiens, et qu'au besoin il en
prêterait bien volontiers au sérénissime Bey notre maître. Dès ce
moment, cher Hassan, il a éclip-
sé à mes yeux tous les personnages de la fête, et j'ai été plus
flatté du bonheur d'être un instant auprès de lui, que de tous
les hommages, de tous les respects que m'ont prodigués les
ministres et les grands de ce
pays.

J'ai encore à te raconter un
trait qui peint le caractère de
cette nation. Je t'ai dit comment

à force de désir et d'empressement de venir voir cette solennité, tous les curieux avaient fini
par rester chez eux. On ne voyait
guère ici que des gens que leurs
emplois avaient obligés de s'y rendre. Eh bien, à peine la grande
cérémonie fut-elle terminée, que
ceux-là parurent encore plus pres-
sés de partir qu'ils ne l'avaient
été d'arriver. Ce fut comme une
déroute générale. Sans avoir la
patience d'attendre l'aurore du
lendemain, ils se mirent en route
précipitamment, la nuit, sans regarder derrière eux, comme si la
mort eût été à leur poursuite,

Je ne me serais jamais imaginé qu'une fête pût se terminer par une fuite si prompte.

Je ne dois pas omettre un autre fait également propre à te faire connaître le peuple chez lequel je suis. Tu as entendu parler de cette distinction établie par l'empereur conquérant pour récompenser le courage militaire et les services rendus à l'état; elle consiste dans un ruban rouge auquel est attachée une espèce d'étoile qu'ils appellent croix, je ne sais pas pourquoi. Comme la vanité, ainsi que je te l'ai dit, est le caractère dominant de ces chrétiens, il est arrivé qu'ils n'ont bientôt songé

qu'à obtenir cette distinction sans
se soucier nullement de la mériter.
Ils n'ont pas réfléchi que si elle
n'était le signe représentatif de
services rendus à l'état, elle n'a-
vait plus aucun prix ; ils ont
espéré qu'en les voyant revêtus de
ce ruban, on penserait qu'ils l'a-
vaient gagné, et cet éclat emprun-
té les a rendus aussi fiers qu'ils
pourraient l'être d'un mérite réel.
L'intrigue et la faveur ont dès lors
multiplié les décorations ; il en est
même qui ont trouvé plus court de
les acheter à prix d'argent. Jamais
les récompenses des vertus guer-
rières n'ont été si prodiguées dans
ce pays que depuis qu'on n'y fait

plus la guerre. Quand je suis arrivé, je voyais tant de rubans rouges, que je m'informais toujours de ceux qui n'en avaient pas, trouvant que par cela seul ils étaient distingués des autres. Il s'est établi à ce sujet un usage tout-à-fait singulier. Toutes les fois qu'il y a une grande fête, comme si cette fête créait subitement des exploits militaires, des services rendus à l'état et des milliers d'hommes de mérite, il est convenu qu'on doit distribuer un grand nombre de croix. Alors les solliciteurs se pressent, chacun fait valoir non ses services, mais ses protections ; pour chaque croix

6*

qui doit être donnée, il y a cinquante demandes. Enfin, au jour donné, le réservoir s'ouvre, et la pluie tant désirée inonde les solliciteurs; quelques croix vont tomber par hasard sur de vieux soldats couverts de cicatrices, sur des hommes illustrés par leurs services et leurs talens, sur des militaires qui servent leur patrie; mais le grand nombre échoit à des joueurs d'instrument, à des faiseurs de chansons, à des hommes qui ne sont rien et qui ne peuvent deviner eux-mêmes à quel titre cela leur arrive, à des gens de la police, etc. Je me suis trouvé ici au moment d'une de ces distribu-

tions, et j'ai vu diminuer sensi-
blement la classe déjà peu nombreuse de ceux qui ne portent pas
de ruban rouge. Eh bien, au
milieu de tant de gens à rubans,
j'aurais deviné quels étaient ceux
qui venaient d'obtenir le droit de
le porter; leur œil fier, leur visage
radieux me les indiquaient aussitôt.
Tu me demanderas pourquoi ils
étaient si fiers d'une distinction
qui cesse d'en être une si tout le
monde en est revêtu. J'aurais bien
de la peine moi-même à te l'expliquer; mais ces chrétiens sont si
vains, que chacun croit sans doute
que ce signe a sur lui plus d'éclat
que sur les autres, ou bien que sa

personne donne au ruban autant
de lustre qu'elle en reçoit. C'est
vraiment pour nous un spectacle
curieux que de voir des hommes
s'amuser ainsi avec des jouets d'en—
fant. Ces chrétiens me paraissent
si petits, que je crois qu'il n'y a
plus même d'étoffe en eux pour
l'ambition : il n'y a place que pour
la gloriole et la vanité.

Je suis revenu ici sans me pres—
ser, n'ayant aucune raison d'imiter
la folle précipitation de ceux dont
je te parlais tout à l'heure. J'ai vu
à mon retour les réjouissances
publiques qu'on annonçait trois
mois d'avance. Ce peuple se mon-
tre tout fier de ce qu'il appelle sa

civilisation; il se croit en droit de parler avec dédain de nous et des autres peuples de l'Afrique. Ah ! cher Hassan, que n'as-tu assisté au spectacle que j'ai eu ici sous les yeux; que n'as-tu vu ces chrétiens si civilisés rassemblés comme un vil bétail autour de quelques échafauds, d'où on leur jetait une misérable pâture, comme nous jetons à manger aux tigres et aux lions que nous tenons renfermés; que ne les as-tu vus se battre, se déchirer comme des bêtes féroces pour s'arracher quelques débris d'alimens souillés de poussière et de fange; que ne les as-tu vus sortir de cette honteuse mêlée tout

meurtris de coups, tout barbouil-
lés de sueur, de sang et de vin!
Tu saurais alors s'ils ont droit de
mépriser personne. Ce spectacle
odieux m'a causé un mouvement
de satisfaction en me montrant ces
chrétiens dans un état d'abjection
auquel, avec l'aide du prophète,
ne descendra jamais une population musulmane. Quant au reste
des réjouissances, j'y ai reconnu
l'esprit léger et imprévoyant de
cette nation; j'y ai vu des preuves
de l'ineptie de cette police qui
m'avait tracé d'elle-même un si
beau tableau. Les voitures, les
cavaliers s'élançaient au milieu de
la foule pressée des habitans; le

soir, les pièces du feu d'artifice allaient frapper les spectateurs comme des boulets lancés par la bouche enflammée d'un canon. C'est un miracle que, dans un pareil jour de fête, il ne périsse pas autant de monde que dans un jour de bataille.

Je suis étourdi, excédé de ces réjouissances, cher Hassan ; ce peuple se croit le premier peuple du monde ; que les étrangers viennent assister à ses fêtes, et ils sauront à quoi s'en tenir.

LETTRE X.

SIDY-MAHMOUD

A HASSAN.

De Paris, le 2e. jour de Dsoul-Cadèh.

Nous nous sommes souvent entretenus du gouvernement de ce pays, sage Hassan. Bien des fois nous avons cherché à comprendre ce que c'était que cette

7

liberté dont les Européens paraissent si fiers, et qu'ils nous reprochent de ne pas connaître. Depuis que je suis ici, j'ai redoublé d'efforts pour savoir enfin quelle est cette liberté tant vantée, et je n'ai pas été plus heureux ; j'en entends parler sans cesse ; mais, quand je veux saisir la réalité, elle m'échappe. Je ne me trouve en définitive guère plus instruit qu'avant de quitter Tunis.

S'il faut te dire toute ma pensée, il me semble que le gouvernement de ce pays ne diffère pas essentiellement du nôtre. Chez nous, c'est la volonté du prince qui fait loi; il dispose souverainement du sort de ses serviteurs. La plus grande différence que je remarque entre Tunis et Paris, c'est que le pouvoir, qui chez nous n'appartient qu'à un seul, est ici le partage de sept à huit ministres; et en cela ces chrétiens font bien paraître leur peu de jugement, car il n'est pas d'homme sage qui n'aime mieux obéir à un seul maître que d'être soumis à plusieurs.

A la vérité, j'entends dire sans cesse qu'ici il y a des lois, que ces lois sont égales pour le fort comme pour le faible, pour le riche comme pour le pauvre ; et c'est sur ces lois, sans cesse invoquées, que quelques entêtés s'appuient pour prétendre à toute force qu'ils sont libres. Mais, en y regardant d'un peu près, on voit bien vite que c'est encore là un de ces vains simulacres qui ne peuvent en imposer qu'à des esprits légers et superficiels comme ceux de ces chrétiens. Je t'assure que les ministres ne se soucient pas plus de ces lois et des réclamations de ceux qui en demandent l'exécution, qu'on ne se soucie chez nous des plaintes d'un esclave chrétien que son maitre fait châtier.

Par exemple, il y a dans ce
pays une loi regardée comme
fort importante, en vertu de laquelle une certaine classe de
citoyens doit élire librement des
députés, qui se réunissent en
assemblée pour contrôler les actes des ministres. Eh bien! les
ministres excluent, à leur volonté, de cette classe ceux qui
ont droit d'y être, et y font
entrer ceux qui n'ont aucun
droit d'y figurer. Ils inquiètent,
ils menacent, ils persécutent
ceux qui voudraient user du droit
de voter librement; et ces tracasseries, ces menaces, ces per-
sécutions sont publiques, en dé-

pit des lois qui les qualifient de crimes. Mais les lois sont muettes, leurs organes restent impassibles quand ce sont les ministres ou leurs délégués qui les foulent aux pieds; je te le demande, cher Hassan, ces chrétiens n'ont-ils pas une belle garantie dans ces lois sans force et sans vertu, qui cèdent si commodément à ceux qui les bravent.

Il résulte de ces violations, que les députés chargés de contrôler les actes des ministres, ne sont point nommés par le choix libre des citoyens, mais par l'influence et la volonté des ministres; ce sont des amis, des serviteurs des ministres, et non des censeurs de leurs actes, non des hommes représentant les intérêts de ceux qui sont censés les avoir nommés. Aussi les ministres obtiennent-ils tout ce qu'ils veulent : lois de toute nature, accroissemens du pouvoir, et surtout argent à profusion; ils n'ont qu'à demander. Il y a néanmoins des gens qui, se contentant de quelques apparences, prétendent obstinément que le peuple est représenté, que le pouvoir des ministres est limité. Ces chrétiens ont un esprit si superficiel, que

des mots, et quelques démon-
strations extérieures , suffisent
pour leur faire croire qu'ils pos-
sèdent en réalité ce dont on ne
leur présente que l'ombre. Leur
raison n'est point assez solide
pour aller au fond des choses,
et il en est beaucoup qui se
croient sérieusement indépendans
des gens qui les mènent à la
lisière, qui leur prennent leur
argent et qui se moquent d'eux.

Ce qu'il y a de curieux , c'est
la situation des fonctionnaires
publics à l'égard des ministres
dont ils dépendent. La soumission de l'esclave chrétien envers
le musulman qui l'a acheté, peut

à peine t'en donner une idée.
Tous les fonctionnaires dépendans
d'un ministre appartiennent à ce
ministre, âme, corps et biens.
C'est lui qui leur signifie ce qu'ils
doivent faire, ce qu'ils doivent
dire, ce qu'ils doivent penser.
S'ils s'avisent de laisser percer
un sentiment, d'émettre un vote,
qui ne soient pas conformes au
mot d'ordre, ils sont destitués
sans rémission. Il y a bien des
lois qui ne veulent pas qu'il en
soit ainsi ; mais ces lois, comme tant d'autres, ne sont pas
un frein pour les ministres. Le
fonctionnaire récalcitrant, eût-il
de nombreuses années de servi-

ces, n'en est pas moins renvoyé comme un misérable, en dépit des lois qui veulent que ses services soient récompensés. Dis-moi, cher Hassan, les choses ne marcheraient-elles pas absolument de la même manière dans un pays où il n'y aurait point de lois? Aussi, il faut voir la soumission des subalternes envers les ministres, leur empressement, leurs petits soins, leur obséquiosité craintive.. J'ai eu souvent ce tableau sous les yeux, et je t'assure qu'on ne trouverait rien de semblable chez nous. Ces gens-là, lorsqu'ils sont devant un ministre, ont cent fois moins d'as-

surance que je n'en ai, lorsqu'exerçant près de notre glorieux
maître les éminentes 'fonctions
qu'il a daigné confier à mon zèle,
je jouis de l'ineffable honneur de
lui présenter le café ou d'allu-
mer sa pipe.

Tu jugeras facilement, d'après
ce que je t'ai dit, qu'il n'y a ici
qu'une vertu, qu'un talent dont
les ministres fassent cas dans
leurs subordonnés : c'est une soumission absolue. Un homme du
plus éminent génie, s'il montrait
quelque fierté dans le caractère,
serait repoussé et peut-être persé-
cuté. Dans ce prétendu pays de
liberté, on ne parvient aux em-

plois qu'en se réduisant au rôle d'automate.

Mais une fois le tribut de soumission payé aux ministres, rien n'est plus heureux ici qu'un administrateur. Il n'a pas besoin de se mettre en frais d'habileté, il ne doit compte de sa conduite à personne, il n'a aucune obligation à remplir envers ses administrés, et, quels que soient ses torts à leur égard, il est toujours sûr d'avoir raison. Les choses ne se passent pas ici comme à Tunis. Le peuple, chez nous, se révolte et fait quelquefois justice des officiers du prince qui abusent de leur pouvoir;

ou bien le prince lui-même, instruit de leurs méfaits, fait tomber leur tête sous le cimeterre.
Il n'y a rien de semblable ici.
Le ministre, le fonctionnaire n'a
rien à craindre, quelque répré-
hensible que soit sa conduite,
tant qu'il ne nuit qu'aux particuliers et à la chose publique;
il est toujours sûr de se retirer
avec une riche pension que l'état
lui paye en retour du mal qu'il
a fait. Le sort d'un délégué du
pouvoir est cent fois plus heureux,
son métier est cent fois plus com-
mode en France qu'en Afrique;
ici on parle de responsabilité,
mais il n'en existe que chez nous.

Cette soumission sans bornes, qui tient lieu de talent aux employés, a le même effet pour les ministres. Comme ceux qui reçoivent leurs ordres doivent s'y soumettre sans examen et sans observations, comme ils sont obligés de proclamer en toute occasion que tout ce qui émane du ministère est marqué du sceau du génie et de la sagesse, les ministres peuvent être absurdes tout à leur aise ; ils n'en sont pas moins obéis religieusement et proclamés de grands hommes ; c'est une sorte d'infaillibilité qu'ils se sont créée. Aussi je remarque qu'ils ne se donnent pas grande peine

pour la gestion de leurs minis-
tères; ils suivent exclusivement
pour guides le hasard et la rou-
tine; le premier les dispense de
prévoyance, la seconde leur épar-
gne la fatigue d'esprit. Ce hasard, auquel ils aiment à s'en
remettre, est bien aussi pour
quelque chose dans leur éléva-
tion. C'est un financier qui est
ministre de la marine, c'est un
marin qui est ministre des finances; ils n'en sont pas plus
embarrassés pour cela. Chacun
taille à tort et à travers dans
son ministère, détruit ce qui était
bien; rétablit ce qui était mal;
et le bon peuple, qui paye les

frais de ces expériences, qui en
voit tout le danger sans pouvoir
y remédier, parle encore avec
fierté de l'excellence de son gouvernement, de sa liberté, de ses
lois. De ses lois! en vérité je ne
puis plus entendre prononcer ce
mot sans étouffer de rire.

Tu peux m'en croire, cher Hassan, ce gouvernement-ci diffère
du nôtre plus par les formes que
par le fond. Dans l'un et dans
l'autre, la base principale c'est
une soumission absolue. Chez nous,
cette soumission est produite par
la crainte; ici elle est entretenue
par la crainte et par la séduction, voilà toute la différence.

Cette séduction est une, arme bien puissante dans la main des ministres; ils présentent sans cesse, à ce qui les entoure, une perspective de richesses, de pouvoir et de dignités; à cet aspect, peuple, magistrats, guerriers, prêtres, se précipitent pour adorer l'idole qui doit les combler de biens; nos corsaires ne poursuivent pas avec plus d'âpreté un bâtiment marchand qui cherche à leur échapper. Il y a encore ici un autre appât dont les ministres contribuent de toutes leurs forces à augmenter le pouvoir, c'est une espèce de jeu de hasard appelé *bourse*, où des gens

7*

de tous les états vont risquer leur fortune ; nous n'avons pas plus de goût pour courir les mers, que ces gens-ci n'en ont pour venir s'exposer sur ce champ d'intrigues et de spéculations. Ainsi que dans nos courses maritimes, il y en a qui font des coups superbes, tandis que d'autres sont coulés à fond ; ce genre de trafic a plus d'un point d'analogie avec notre métier de corsaire.

Tu t'étonneras sans doute, après tout ce que je te dis, que ce peuple parle tant de sa dignité, de sa morale et de sa liberté. Je crois qu'ils se figurent être li-

bres, parce qu'on leur laisse encore le droit de dire à peu près
ce qu'ils pensent sur la conduite
des ministres. Ils ont quelques
députés qui, de temps à autres,
font de beaux discours pour se
plaindre de la conduite des ministres, et pour leur reprocher
de ne pas observer les lois ; ils
ont des écrivains qui en disent
autant dans des journaux et dans
des petits livres. A tout cela, les
ministres ne daignent pas même répondre ; ils poursuivent leur route
comme si de rien n'était ; que les
reproches qu'on leur adresse soient
justes ou non, peu leur importe ; ils n'en éludent pas moins

les lois qui les gênent, ils n'en
obtiennent pas moins tout l'argent qu'ils demandent. Les ora-
teurs et les écrivains se lassent
enfin de crier, le public se lasse
de les entendre, et le ministre,
qui a tout bravé, arrive à son
but, tout comme si sa conduite
était l'objet des suffrages univer-
sels. Le peuple oublie bientôt
lui-même ses griefs, et la me-
sure qui l'a le plus choqué, le plus
irrité, au bout de quinze jours
qu'elle est en vigueur, lui est
devenue à peu près indifférente.
Il n'y en a pas moins ici nombre
de bonnes gens qui sont très-
fiers du droit de parler et d'é-

crire; l'inutilité de leurs efforts
ne les décourage pas; ils persé-
vèrent comme s'il en résultait
quelque chose; ils prétendent qu'ils
éclairent l'opinion publique, laquelle, disent-ils, est reine du
monde. Plaisante reine, vraiment,
dont les ministres peuvent se mo-
quer impunément pendant je ne
sais combien d'années! Pour moi,
quand je vois ces continuelles réclamations, ces raisonnemens, ces
représentations dont la justice est
rarement contestée, et qui n'en
sont pas moins toujours dédaignées
par le pouvoir, il me semble que
cela ne sert qu'à décréditer la
raison.

Pauvres gens qui se disent libres, et ils ne peuvent faire un pas sans être arrêtés par des entraves de toute espèce ! la police les poursuit jusque dans le sein de leurs foyers domestiques ; tous les états aboutissent par mille fils à l'administration qui les tient sous sa dépendance ; un pauvre diable ne peut pas vendre de vin sans permission ; un autre ne peut pas profiter du ruisseau qui fait tourner son moulin ; riche ou pauvre, qui veut aller d'une ville à l'autre, doit en demander et en payer la permission, comme le ferait un esclave attaché à la glèbe ; il faut

qu'ils payent des droits au gouvernement pour manger et pour
boire; il faut qu'ils lui payent
jusqu'à l'air qu'ils respirent. La
mort même ne les affranchit pas
de ces tributs continuels; il faut
encore qu'ils payent un droit
pour le char qui doit les conduire à leur dernière demeure;
il faut qu'ils payent au poids de
l'or le terrain qui doit recevoir
leur dépouille. Que dis-je? il faut
qu'ils payent jusqu'aux secours
de leur religion, ce n'est qu'a-
vec de l'or qu'ils obtiennent les
prières et l'intervention de ses
ministres..... Ah! cher Hassan,
que le ciel me préserve d'habiter

un pays libre à la façon de celui-ci ! Tunis est cent fois pré-
férable, et je ne croirai jamais
pouvoir trop me hâter d'y retourner.

LETTRE XI.

—◦◦◦—

SIDY-MAHMOUD

A HASSAN.

De Paris, le 14e. jour de Dsoul-Cadéh.

Il est temps que je quitte ce
pays, cher Hassan, je sens que
je n'y puis demeurer plus long-
temps. Les hommages dont on
m'accable me plaisaient d'abord,

8

mais j'en suis rassasié, et ils me
deviennent insipides. Il y a dans
tout ceci quelque chose qui ne va
point à notre humeur nationale.
Nous voulons dans nos esclaves
une soumission absolue, mais dans
nos égaux nous aimons à trouver de la fierté. Les gens que je
vois ici ont beau se dire à chaque instant *mes très-humbles ser-*
viteurs, je sais bien qu'ils ne sont
pas mes esclaves, et cependant ils
agissent quelquefois de manière à
me faire oublier qu'ils sont mes
égaux. Alors ils me font commettre des méprises dont leur
vanité, toujours prompte à s'a-
larmer, paraît profondément bles-

sée. Il y en a un, l'autre jour,
qui me reçut avec des démon-
strations de respect inconcevables ;
au milieu de toutes ses révéren-
ces, il me présenta sa femme ;
je m'imaginai, moi, qu'il m'en
faisait présent ; mais à peine se
fut-il aperçu de l'idée où j'étais,
qu'il rougit et parut extrêmement
mortifié. On ne sait vraiment
comment se conduire avec ces
gens-ci : s'ils se regardent comme mes esclaves, qu'ils ne trouvent pas mauvais que j'agisse en
maître ; s'ils sont mes égaux,
qu'ils se conduisent comme tels,
et ne me donnent pas lieu de
croire à chaque instant que je

suis au milieu de mes serviteurs.

Je suis encore allé voir quelques établissemens publics, car je
reçois des sollicitations sans fin pour
les aller visiter tous. Ma présence
est un honneur que chacun réclame
à l'envi. Ma première visite, depuis mon retour, a été pour leur
grande imprimerie, qu'ils appellent
imprimerie royale. J'y ai été reçu
avec les cérémonies accoutumées.
Comme j'ai appris à connaître la
physionomie de ces chrétiens, je
vis bien au premier coup d'œil qu'ils
avaient préparé quelque chose
pour me surprendre, car c'est
toujours là le but de leurs efforts.
Ils paraissent attacher un grand

prix à me frapper d'étonnement, et je les rendrais souverainement heureux si je leur laissais lire ce sentiment sur mon visage ; mais je ne puis, en conscience, leur donner ce petit plaisir, car tout ce qu'ils me montrent ne me surprend pas le moins du monde.

Ils me montrèrent d'abord leurs presses, leurs caractères, toutes choses que je devais, à ce qu'ils croyaient, trouver admirables et qui m'ont fort ennuyé ; nous sommes enfin arrivés près d'une presse qui était entourée de monde ; j'ai bien vu que c'était là le moment de la surprise. Les ou-

vriers se sont mis à l'ouvrage,
et aussitôt on m'a présenté un
parchemin sur lequel était un
compliment gravé en caractères
d'or ; cette fois c'était bien de
l'arabe. Je t'envoie ce compliment,
cher Hassan, il t'amusera ; on
m'y appelle *source de tout bien,
clef de tout bonheur.* Je suis sûr
que le chrétien qui a fait cela
s'est donné bien du mal ; il a
été chercher à grande peine quelques lambeaux de phrases dans
nos livres, puis il les a cousus
à tort et à travers, et s'est imaginé avoir fait du style arabe. Je
n'ai pu m'empêcher de sourire en
lisant ce bizarre assemblage de

mots incohérens. L'auteur, qui
avait les yeux fixés sur moi, a
pris ce sourire pour une mar-
que d'approbation, et il s'est crû
aussitôt plus grand de trois coudées. Ah ! cher Hassan, quels
hommes que ces chrétiens !

Je suis allé depuis voir l'Hôtel des Monnaies. Je croyais qu'on
allait me montrer des monceaux
d'or et d'argent ; pas du tout,
on ne m'a fait voir que des coins,
des balanciers et autres machines
qui ne m'intéressaient nullement.
Enfin, j'ai trouvé là aussi l'inévi-
table surprise. On a frappé, en
mon honneur, une belle médaille
avec une inscription arabe, portant

que *Sidy-Mahmoud*, *envoyé du glorieux bey de Tunis*, *a honoré de sa présence l'Hôtel des Monnaies*. Ils ont cru que j'étais enchanté de cet hommage. Imbéciles ! ils auraient bien mieux fait de m'offrir quelques vases remplis de leurs monnaies d'or ; à ce prix, je les aurais bien tenus quittes de leurs inscriptions arabes. Une des choses que je regrette le plus, cher Hassan, c'est de ne pouvoir te rapporter une médaille où soit empreinte la figure du chef de cet établissement ; tu verrais ce que c'est que ces figures chrétiennes.

Tu peux juger, par tout ce que

je te raconte, des peines que l'on
se donne pour me plaire ; mais,
comme je te l'ai dit, on y réussit
peu maintenant. Je ne veux pas
demeurer plus long – temps en
France ; je vais demander mes
audiences de congé, et je retour-
nerai bientôt saluer avec joie le
soleil brûlant de nos rivages. Cependant, je dois de la reconnaissance à quelques hommes de ce
pays pour l'accueil qu'ils m'ont
fait, et je serais bien aise de la
leur témoigner. Il y en a un,
l'autre jour, qui me priait de
mettre en liberté le petit esclave
grec que j'ai amené avec moi ;
comme il ne parlait pas de la

somme qu'il me donnerait en retour, je n'ai pu accueillir cette
demande. Mais il y en a d'autres
qui m'ont prié de traiter avec
douceur les esclaves chrétiens dont
je suis propriétaire, et j'ai bien
voulu condescendre à cette prière.
Ainsi, cher Hassan, recom-
mande à mon intendant de ne
faire tirer à l'avenir que quarante
sceaux d'eau au vieux prêtre, de
ne point faire porter de trop
lourds fardeaux à cette vieille
femme de Casos, et de ne donner
aux autres la bastonnade que
quand cela sera absolument nécessaire. J'ai été bien reçu par le
gouvernement de ce pays, et je

veux lui prouver que je sais reconnaître un procédé.

Malgré l'ennui que je commence
à éprouver ici, j'y resterais plus
long-temps si le service de notre
maître l'exigeait ; mais un plus
long séjour serait inutile; j'ai vu,
j'ai observé, j'ai jugé, je n'ai
plus rien à apprendre.

Cher Hassan, les enfans du
prophète ne doivent point redou-
ter la France, ni à raison de
sa sympathie pour les Grecs, ni
à raison du zèle qui lui est revenu pour la foi catholique. La
masse de cette nation serait peut-
être disposée à seconder les chrétiens d'Orient, mais cette dispo-

sition n'est point partagée par
les classes puissantes. Les formes
de notre gouvernement sont ici,
pour beaucoup d'hommes éminens, un sujet d'admiration; ils
ne voudraient pas qu'un tel gouvernement cessât de régir l'O-
rient; ils le voient, au contraire,
subsister avec plaisir comme un
modèle dont le reste de l'Europe
pourra profiter un jour. D'ailleurs, un peuple qui s'insurge
contre ceux qui le gouvernent
leur paraît toujours d'un dangereux exemple, lors même que
ce peuple est chrétien, et que
ceux qui le gouvernent sont des
Turcs. Il est encore une autre rai-

son; les gens que j'ai vus ici sont si remplis de petites prétentions, leur esprit est si mesquin et leurs vues si courtes, que je crois impossible qu'un projet vaste ou une idée hardie sorte jamais de leur cerveau.

Les prêtres du Christ ne montrent aucune mauvaise disposition à notre égard. Ils ne font entendre, dans leurs sermons, aucune parole de malédiction contre nous ni de compassion pour les Grecs; ils réservent toutes leurs malédictions pour les incrédules de leur pays, et toute leur compassion pour les établissemens religieux, les couvens, les membres du clergé qui ne sont point assez largement dotés ou rétribués. La guerre d'Orient est pour eux comme si elle n'existait pas; ils paraissent n'y penser en aucune façon. Les Grecs, d'ailleurs, suivent un autre rite que l'église latine, et de là vient peut-être le peu d'intérêt que prennent à eux les prêtres de cette église. Je connais ici des gens aux yeux de qui un Turc vaut mieux qu'un schismatique ou un protestant.

Que te dirai-je, enfin, du zèle religieux qui paraît animer une classe assez nombreuse? Ce zèle-là n'est plus celui qui faisait entreprendre des croisades, qui faisait braver la mort, les périls, les fatigues et la misère. Non, cher Hassan, il s'allie à l'amour de l'or, à la soif du pouvoir, à un attachement sans bornes pour toutes les douceurs, les jouis-sances, les vanités sociales; il n'inspirera jamais, à ceux qui en sont possédés, la moindre envie de venir se battre contre nous.

Bien loin de là, toute leur humeur belliqueuse est tournée contre ceux de leurs concitoyens qui n'imitent pas leurs démon-strations extérieures et ne par-tagent pas leurs doctrines. Il en résulte, dans cette nation, des haines, des divisions qui se font sentir à chaque pas. Ah! loin qu'un pareil zèle religieux ait rien de menaçant pour nous, il est au contraire notre meilleure sauvegarde. Crois – moi, tant qu'il sera encouragé comme il l'est aujourd'hui, cette nation ne redeviendra point assez puissante pour tenter des guerres et des conquêtes au dehors.

Réjouissons-nous donc, cher Hassan, le ciel daigne écarter des enfans du prophète les dangers dont nous les avions cru menacés. Dissipe les inquiétudes de notre maître, qu'aucune crainte n'enchaîne plus nos efforts, et quand le zéphir de la victoire soufflera pour nous, exterminons les rebelles, usons de notre triomphe comme dans ces jours terribles dont Chio, Casos et Ipsara garderont à jamais la mémoire; l'Europe chrétienne ne nous demandera pas compte du sang que nous aurons versé.

J'avais eu l'idée d'aller passer quelques jours en Angleterre avant de retourner à Tunis; mais ce pays a eu, il y a quelques années, de très-mauvais procédés envers Alger, et je craindrais de ne pas y être bien accueilli. Les Anglais ont formé quantité de sociétés en faveur des Grecs; ils

8*

ont envoyé beaucoup de secours
à ces rebelles, et c'est de leur
île qu'était sorti ce lord maudit
qui pouvait devenir si funeste à
l'islamisme, lorsqu'heureusement
la bonté du ciel nous en a dé-
livrés. D'ailleurs, les Anglais sont
protestans; et quelques-uns des
respectables chrétiens, qui m'ont
si bien accueilli, m'ont assuré
qu'il n'y avait rien de bon à
attendre des gens de cette religion. Je bornerai donc mon
voyage à la France; un musulman y est aujourd'hui si bien
accueilli, il est environné de tant
de respects, d'honneurs, de pré-

venances, de plaisirs sur cette
terre catholique, que quand il
se décide à la quitter, ce ne peut
être que pour retourner dans sa
patrie.

NOTES.

AVIS

DE L'ÉDITEUR.

———————

Les journaux ont rendu compte
des réceptions faites à Sidy-Mahmoud chez les ministres et autres
fonctionnaires, ainsi que de ses visites à divers établissemens publics. L'éditeur a pensé qu'il serait
agréable au lecteur de trouver ici
les récits des journaux, avec l'in-
dication des lettres de l'envoyé de
Tunis auxquelles ils se rappor-
tent ; ce rapprochement a paru
d'autant plus nécessaire, que Sidy-

Mahmoud se bornant quelquefois à faire allusion à certains faits, le lecteur peut avoir besoin des éclaircissemens qu'il trouvera dans les citations suivantes.

NOTES.

LETTRE PREMIÈRE.

Le *Journal des Bouches-du-Rhône* donne les détails suivans sur l'ambassadeur du bey de Tunis, qui fait quarantaine au lazaret de Marseille :

» Sidy-Mahmoud est à peine âgé de 36 ans; sa physionomie est très-expres-

9

sive, sa taille haute, et ses forces her-
culéennes. Il a un très-riche costume,
qui est celui des grands de sa nation,
et qui lui donne beaucoup de dignité.
Du reste, il est très-affable, et paraît
avoir un caractère de bonté tout particulier. En sortant de quarantaine,
S. Exc. se mettra en route pour Paris. »

(*Moniteur* du 7 avril.)

— Lorsque Sidy-Mahmoud, envoyé
de S. A. le bey de Tunis, débarqua au
lazaret de Marseille, il y fut compli-
menté en ces termes par l'intendance
sanitaire, présidée par M. le maire :

« Le prince qui vous envoie fut tou-
» jours l'ami fidèle de la France. Jamais
» elle n'a plus apprécié son attache-

» ment que lorsqu'il vient prendre part
» à sa joie dans l'heureux avénement
» d'un souverain qu'elle chérit. L'in-
» tendance sanitaire de Marseille s'ap-
» plaudit de remplir la volonté du Roi,
» en rendant ce qui est dû à l'honorable
» mission pour laquelle V. Exc. a été
» dignement choisie. »

(*Moniteur* du 25 avril.)

LETTRE II.

On écrit de Lyon, 25 avril :

» Un grand nombre d'étrangers de distinction sont arrivés hier dans notre ville ; le prince de Metternich et son fils, avec une suite de douze personnes, se rendant à Milan par Marseille, est descendu à l'hôtel de l'Europe.

» Sidy-Mahmoud, envoyé extraordinaire du bey de Tunis, pour assister au sacre de Charles X, est descendu dans le même hôtel ; il est accompagné de M. Raphaël Gaëta , son sécrétaire , de M. Desgrange , interprète du Roi , et de sept autres personnes. »

(*Étoile* du 29 avril.)

LETTRE. III.

—◆◦◆—

« LA réception de Sidy-Mahmoud,
envoyé du bey de Tunis, a eu lieu aujourd'hui à l'hôtel des affaires étrangères. M. le baron de Damas s'était
placé dans le salon des ambassadeurs,
ayant auprès de lui trente personnes
qu'il avait invitées : des pairs de France,
des députés, des officiers-généraux et
supérieurs de terre et de mer, tous en
grand uniforme. Au moment où M. l'en-

vóyé a été annoncé, tout le monde s'est
levé. Le ministre seul est resté assis et
la tête couverte. S. Exc. a salué l'envoyé de la main, et l'a invité à s'asseoir.
Sidy-Mahmoud a remis ensuite au ministre une lettre du bey, en lui adressant un discours en arabe, dont un
interprète a donné l'explication.

» Bientôt après, l'étiquette diplomatique a fait place à un ton moins céré-
monieux, et sur la demande qui a été
faite à cet étranger s'il se trouvait bien
en France, il a répondu : « A mon dé-
» barquement à Toulon, j'ai été sur-
» pris ; à Lyon, j'ai été émerveillé ; mais
» en voyant Paris, j'ai oublié tout ce
» que j'avais vu. » Après une demi-
heure d'entretien, M. le baron de Damas a conduit M. l'envoyé dans le grand

salon de réception où étaient réunies vingt dames, qui se sont levées aussi-tôt. Sidy-Mahmoud a salué avec dignité. Au dîner, il a paru trouver tous les mets de son goût, et a eu soin de dire que son médecin lui avait prescrit de boire du vin pour sa santé; il a donné la préférence au vin de Champagne. L'or-donnance du repas, l'uniforme brillant des convives a paru l'occuper beaucoup.

» Sidy-Mahmoud est âgé de 3o ans, il est très-gras, sa tête est fort belle, son teint est celui d'un Français fort brun; il parle assez bien l'italien; son costume est simple, mais élégant; il porte un dolman blanc, brodé en soie bleu de ciel, attaché avec des agraffes d'or; son turban est fait de deux cachemires rou-ges; un schall blanc, d'un tissu très-fin, est jeté négligemment sur son épaule. A dix heures du soir, Sidy-Mahmoud s'est retiré en saluant les dames et en adressant un compliment à M. le baron de Damas. M. le secrétaire particulier de S. Exc., et dix autres personnes, ont accompagné M. l'envoyé jusqu'à la porte des premiers appartemens. »

(*Moniteur* du 7 mai.)

LETTRES IV ET V.

SON EXCELLENCE l'ambassadeur
de Tunis a été reçue aujourd'hui à
l'Hôtel-de-Ville. S. Exc. est arrivée à
deux heures ; M. le comte de Chabrol,
préfet, autour duquel s'étaient réunis
MM. les membres du conseil de pré-
fecture, M. le secrétaire-général, MM.
du corps municipal, l'attendait dans
son grand cabinet. Un assez grand
nombre de personnes, parmi lesquelles

se trouvaient plusieurs dames, occu-
paient les appartemens que l'ambassadeur a traversés au bruit d'une musique
militaire. M. Héricart de Thury, colo-
nel de la neuvième légion de la garde
nationale, avait mis le corps de musique à la disposition de M. le préfet,
ainsi qu'un détachement de grenadiers
de cette garde.

M. le préfet et MM. du corps municipal sont allés recevoir S. Exc. dans la
pièce voisine de celle de réception ; les
premiers complimens ont été faits par
M. le préfet en langue arabe, langue
que sa participation à l'expédition d'É-
gypte a mis M. de Chabrol à portée de
connaître. L'ambassadeur a paru à la
fois surpris et flatté de cette prévenance.
Introduit dans le grand cabinet, il a été

invité à s'asseoir sur un divan ; M. le
préfet était assis en face de lui sur un
fauteuil ; le cercle s'est formé, et un
entretien s'est établi, par l'intermédiaire d'un interprète, qui traduisait à
l'assemblée les réponses que S. Exc. a
faites avec beaucoup d'affabilité, et l'air
d'une entière satisfaction. Voici les frag-
mens de cette conversation, que nous
avons retenus.

« M. de Chabrol commence par faire
ses excuses à S. Exc. sur ce qu'elle a
traversé des appartemens dans lesquels
on se livre aux travaux préparatoires
des fêtes du sacre ; S. Exc. remercie de
cette observation, et ajoute qu'elle se
trouvait heureuse d'être venue à Paris
dans une circonstance si solennelle et
si heureuse pour la France.

» M. le préfet annonce à l'ambassadeur que les personnes placées auprès de lui sont les magistrats et les membres du corps municipal de la ville de Paris; S. Exc. prie M. le préfet de leur faire agréer ses félicitations empressées.

» M. le préfet offre à l'ambassadeur les médailles frappées pour la restauration, et pour la naissance de monseigneur le duc de Bordeaux; S. Exc. répond qu'elle les accepte avec reconnaissance, qu'elle les conservera précieusement comme un honorable souvenir de son voyage à Paris, comme un témoignage flatteur de la gracieuseté de ses nobles magistrats, et un signe de la splendeur de la ville de Paris.

» M. le préfet pense que l'ambas-

sadeur voudra visiter les monumens de
la capitale et les établissemens publics ;
il l'assure que des ordres seront donnés
partout pour qu'il puisse les examiner
avec facilité et dans tous leurs détails ;
S. Exc. répond par les expressions de
sa gratitude : elle se propose de rester
à Paris l'espace de deux mois, et elle
met au rang de ses plus intéressantes
occupations le soin de visiter tout ce
qui est si digne à Paris de l'attention et
de l'intérêt des étrangers.

» M. de Chabrol ajoute que des fêtes
se préparent à l'Hôtel-de-Ville pour la
grande solennité dont le terme s'approche, que les premiers personnages de
l'État s'y trouveront réunis aux principaux habitans de la capitale, il espère
que S. Exc. assistera à ces fêtes ; l'am-

bassadeur répond qu'il sera très-flatté de voir une si belle réunion, et qu'il aura un grand plaisir à en rapporter les détails dans son pays. »

M. le préfet entretient ici M. l'ambassadeur en arabe ; il lui parle de Tambouctou et des ruines de Carthage.

M. l'ambassadeur ne connaît pas les voyageurs qui ont été à Tambouctou. Quant à Carthage, il sait qu'il existe encore de grandes citernes qui ont appartenu à cette célèbre et antique cité ; mais en général, a-t-il ajouté, *Il n'y a rien des temps passés sur la superficie du sol ; tout est sous la terre.* Cette réponse a produit une sensation prolongée dans l'auditoire.

Après quelques autres interlocutions l'ambassadeur s'est levé et a pris congé

de M. le préfet et de MM. du corps
municipal, en leur témoignant toute sa
gratitude de la flatteuse réception dont
il avait été l'objet.

(*Moniteur* du 10 mai.)

LETTRE VII.

CHAMBRE DES DÉPUTÉS.

Séance du 16 mai.

M. LE PRÉSIDENT occupe le fauteuil à une heure. On remarque dans la tribune du corps diplomatique l'envoyé extraordinaire du bey de Tunis.

M. Dudon trouve que la législation contre la traite est trop sévère, et que les tribunaux répugnent à prononcer

9*

des peines trop fortes. Comme on ne
pourra pas empêcher les hordes de
l'Afrique de se faire la guerre et de
faire des prisonniers qu'ils immolent,
il vaut beaucoup mieux les acheter.
Mais on devrait les traiter convenablement; et, pour cela, il serait utile de
revenir aux ordonnances de Louis XIV
qui déterminent les alimens et les trai-
temens qu'on doit aux noirs, etc., etc.

(*Étoile* du 17 mai.)

LETTRE VIII.

UN premier convoi des animaux de Tunis est arrivé hier après-midi au Jardin des Plantes. Il est composé de deux lions, mâle et femelle, de la plus grande taille; de deux gazelles, et de huit beliers à chanfrein arqué.

L'envoyé de Tunis avait été prévenu qu'une partie de ses présens venait d'arriver. S. Exc. s'est aussitôt rendue au Jardin des Plantes, et elle a visité tous

les animaux. Elle a souhaité de voir
réunis les deux lions qu'elle avait lais-
sés à Marseille, habitués à vivre ensemble. On a déféré au désir de S. Exc.
et les deux animaux ont aussitôt com-
battu et se sont roulés comme de jeunes
chats, sans violence aucune, et surtout
sans griffes. On les a surpris par un
commandement à haute voix, et le lion
a consenti à quitter sa partie et à retourner dans la loge voisine.

(Journaux du 22 mai.)

LETTRE IX.

LE 29 mai, à six heures du soir, cinquante membres du corps diplomatique
se sont réunis vêtus de leur grand costume, à l'hôtel du Sacre, où un dîner
splendide leur était préparé.

Parmi les personnes assises à ce banquet, on remarquait MM. les barons
de Fayel, d'Uchtritz, les comtes de
Goltz, de Zastrow, de Lævenhielm, de
Scott, le duc de San-Carlos, le comte

de Mulinen, et les ministres de Prusse, des villes anséatiques et de Toscane.

L'ambassade complète de Russie s'est réunie en même temps dans un dîner à cet hôtel, mais dans une pièce séparée, et en habit ordinaire. M. l'ambassadeur d'Angleterre n'a assisté à aucune de ces deux réunions.

(*Relation complète du sacre de Charles X*, par M. Darmaing.)

LETTRE XI.

Sɪᴅʏ-Mᴀʜᴍᴏᴜᴅ , envoyé extraordinaire du bey de Tunis , a visité aujour-
d'hui l'imprimerie royale. Il y a été
reçu avec tous les honneurs que l'ur-
banité française , non moins que la politique , se plaît à accorder aux envoyés
des peuples étrangers. Il a examiné avec
beaucoup d'attention les divers types
orientaux qui composent la riche col-

lection de l'imprimerie royale , et avec
un étonnement mêlé d'admiration , les
divers procédés de la fonte des caractères et du clichage.

Parvenu dans les vastes ateliers de
l'imprimerie , M. le maître des requê-
tes administrateur de cet établissement,
a fait remarquer à Sidy-Mahmoud une
forme en caractères arabes, qui se trouvait sur une presse. Comme il cherchait
à la lire , M. l'administrateur a donné
l'ordre d'en tirer une épreuve , et aussitôt il a mis dans ses mains une inscription encadrée de magnifiques orne-
mens arabesques , en vermillon et or,
obtenus par des procédés typographi-
ques particuliers.

Cette inscription portait en style
oriental :

« Au nom du Dieu très-haut.

» Sous le règne de Charles X (que
» Dieu prolonge sa vie et sa félicité !),
» l'imprimerie royale ressent une
» grande joie de la visite que lui fait le
» très-noble et très-respectable Sidy-
» Mahmoud , l'envoyé du bey de Tunis
» (que Dieu répande sur lui ses béné-
» dictions abondantes !).

» Sidy-Mahmoud est la source de
» tout bien et la clef de tout bonheur ;
» son esprit est avide de connaissances ;
» son intelligence est parfaite, et ses
» manières sont pleines de dignité.

» Nous prions le Dieu très-haut de
» permettre que la concorde et l'amitié
» tiennent toujours unis les peuples du
» bey de Tunis et ceux de Charles X.

» Puissent nos vœux être exaucés, dans
» l'intérêt des sciences et du commerce !

» Paris, 11 juin du Messie 1825, et
de l'Hégire 1240. »

Sidy-Mahmoud a témoigné, à son
départ, une vive satisfaction de la réception qui lui avait été faite.

(*Moniteur* du 12 juin.)

Sidy-Mahmoud a visité aujourd'hui
la Monnaie royale des médailles ; il a
paru examiner cet établissement avec
beaucoup d'intérêt. M. le directeur a
fait frapper en sa présence plusieurs
médailles avec une inscription arabe
fournie par M. Destaing, rédacteur de
la *Gazette de France*, et un des orien-
talistes formés par M. de Sacy. Voici
cette inscription :

Face. — Sidy-Mahmoud envoyé du glorieux bey de Tunis, a honoré aujourd'hui de sa visite l'Hôtel de la Monnaie royale.

Revers. — Frappé à Paris, par les soins de M. Puymaurin, directeur de la Monnaie des médailles françaises, le 21 juin 1825 du Messie, qui répond au cinquième jour de Zelkadel an 1240 de l'Hé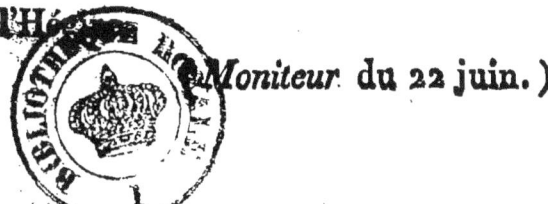(*Moniteur* du 22 juin.)

TABLE

DES LETTRES.

222 TABLE.

FIN.

www.ingramcontent.com/pod-product-compliance
Lightning Source LLC
Chambersburg PA
CBHW061443030726
47503CB00005B/1549